世界で唯一の魔法使いは、
2
宮廷錬金術師として
幸せになります
※本当の力は秘密です!
一分咲
Ichibu Saki
イラスト：nima

フィオナ
フィーネ
※同一人物
（ポーションで変身）
リズ
クライド
レイナルド
CHARACTERS

ハロルド
アデール・
エリザベス・
ファルネーゼ
ミア

フラスコにリーゼル、ユキソウ、フェンネルの葉を入れ魔力を注ぐ。
「すごい。キレイな翡翠だ。さすが」
レイナルド様の感嘆の声を聞きながら、さらに魔力を込める。
手もとのフラスコの中は雲母のように細かい光の粒で埋め尽くされていた。

Prologue

プロローグ

王子様の葛藤

「――やめ」

いつも通りの決まったタイミングで入る合図に、レイナルドは表情を変えずため息をついた。

目の前には、刃を潰《つぶ》した剣を離れた場所に落とし、しりもちをついた姿勢から立ち上がろうとしている若い騎士がいる。

首元には、同じように刃を潰した剣の先が突きつけられていた。

それを持つのはレイナルドだった。

「さすが王太子殿下」

誰かが発した言葉を皮切りに、見守っていた周囲の騎士たちからわぁっと歓声があがる。

レイナルドは空色の瞳を濁らせたまま形だけ微笑《ほほえ》んでから、座り込んだままの自分よりも少し年上に見える騎士に手を差し出し、ぐいと引っ張る。

「……悪い」

立ち上がらせた拍子に耳元で呟《つぶや》くと、彼の口角がわずかに上がったのが見えた。

訓練を終えたレイナルドを待っていたのは側近のクライドである。幼少の頃からの腐れ縁の彼は、いつも通り面倒そうに頭を掻《か》いている。

「うっわ。朝からそんなに汗かくとかよくやるね。執務の前にシャワーでも行く？」

「ああ。少し待たせる」

「おっけ。……ていうか、騎士団の朝練なんて見に行くなって言ってんじゃん？　いつもこの展開になるんだから」

「……」

クライドからのつっこみを無視し、中庭をずんずんと歩く。

視界の端に映る樹々《きぎ》からは葉が落ち、足元でさくさくと音がする。

このアルヴェール王国には四つの季節があるが、まもなくその中でも一番長く寒い季節に差し掛かろうとしていた。

今朝、騎士団の朝練に参加したのはいつものことだった。週のはじまりの日には朝の訓練を見に来てほしい、と騎士団長に言われているのだ。

「王太子殿下が来てくださるだけで隊員の士気が上がる」という根拠のない理由で呼ばれているのはわかっているが、レイナルドの剣の師匠でもある人間に頼まれたら断れない。

「あ、また対戦相手に悪いなって思ってんでしょ？　向こうだって本気で向かってこれるはずがないから。レイナルドに怪我《けが》させるわけにいかないもんね。勝ちは当然の茶番、罪悪感だけが積もる。だから行くなってつってんのに」

「わかってるなら、そこまで言わなくてもいいんじゃないか？」

「あ、ごめん。誰かの言葉で説明されるのを聞きたそうにしてたからさ？」

「……」

ぎろりと睨《にら》んだレイナルドに、クライドは茶化すように、でもそれなりに真剣な声色で告げてくる。

「けど、レイナルドだってかなり強いのは本当だよ？　ま、俺のが上だけどね」

「慰めろとは言ってない」

レイナルドが訓練に加わるのが苦手なのは、まさにクライドが指摘したことが理由だった。立場上、参加すると実力以上の扱いを受けてしまう。

しかし自分の立場をわかっていれば参加しないわけにはいかないし、父である国王も若い頃は同じようにしていたという。

「適当に付き合って、こっちも気持ちよくなっておけばいいんだ」と訳のわからないアドバイスを受けたこともあるが、レイナルドにはなかなか受け入れがたくもあった。

はいはいかわいいね、と宥《なだ》めるような相槌《あいづち》を挟んだ後でクライドが聞いてくる。

「で。今日の執務室はいつものとこでいい？」

「いや、共用スペースのほうを頼む」

「へえ」

クライドの琥珀《こはく》色の目が一瞬見開かれた後で、納得したような余裕の笑みが見えた。

それに、レイナルドは心の中で舌打ちをする。

レイナルドが使える執務室は二つ。

自分専用の個室と、図書館近くに設けられた巨大な共用スペースを備えた執務室だ。

気分や執務の内容に応じて使い分けるが、普段は個室を使うことが多い。単純に、集中しやすいからである。

「フィーネちゃんか」

「…………」

「共用スペースのほうだと、フィーネちゃんが働く薬草園が見えるもんね。三階の窓から、あの辺まで見渡せる」

「……今日は、文官に詳細を聞きたい案件が多い。スムーズに進められるよう共用スペースを選んだっておかしくないだろう」

「そうかなー？　フィーネちゃん、昨日休暇を終えて寮に戻ってきたんでしょ？　あーあ。俺も昨日の夕方、アトリエに行けばよかったな」

「…………」

レイナルドもクライドも、フィーネとフィオナが同一人物だと知っている。

けれど、二人は本人が名乗らない限りは完全に『フィーネ』として対応することに決めていた。

だから、こうしてフィーネがいない場面でも本当の名前を呼ぶことはない。

すべてお見通しといった顔で得意げについてくるクライドを、レイナルドは微妙に頰《ほお》を染め苦々しい気持ちで睨みつける。

「……気持ち悪いとか言うんじゃないぞ」

「ああ、大丈夫。ちょっと思ってるけどさすがに本人の前では言わないわ」

「…………」

今日も、執務は捗《はかど》りそうである。

私室に戻ってシャワーを浴び身支度を整えたレイナルドは、クライドを従えて執務室へと向かっていた。

いつもはその前にアトリエに寄るのだが、週のはじまりの朝はこんな風に過ごすのでなかなか時間が取れない。

(フィーネはアトリエに寄ったのだろうな。昨日、『味2』のポーションができたとはしゃいでいた)

小瓶を握りしめたフィーネが、珍しく頬を上気させて喜ぶ姿が脳裏に蘇《よみがえ》る。

それだけで、さっきまでレイナルドを支配していた捻《ひね》くれた気持ちが真《ま》っ直《す》ぐに落ち着いていく気がした。

大理石が敷かれた回廊を歩いていると、正面から従者を連れ着飾った令嬢がこちらへと向かってくるのが見えた。

(――あれは)

レイナルドが名前を思い出す前に、彼女はニコリと可憐《かれん》な笑みを浮かべて立ち止まり、淑女の礼をした。

丁寧にゆるく巻かれたキャラメル色の髪に、濃いルビー色をした印象的な瞳。

クライドが彼女に笑みを返すため、表情をやわらげた気配がする。

得意げな彼女のオーラを見ながら、レイナルドは全く別のことを思い出していた。

（フィーネもこんな礼をするな。もっと楚々《そそ》として穏やかだが）

「…………」

ここ王宮では、立場が下の者から話しかけることは許されない。

彼女は、美しい礼をしてレイナルドから話しかけられるのを待っている。

そんなことはわかりきっているのに、レイナルドは当たり障りのない挨拶の言葉が出てこなかった。

「レイナルド？」

不思議そうなクライドに背中を軽く押され、はっと我に返る。

「……お久しぶりです、ウェンディ・エリザベス・サイアーズ嬢」

「レイナルド殿下！　私を覚えていてくださったのですね！　うれしいですわ」

「アカデミーで二年間もご一緒していたのですから、当然です。アカデミーに変わりはありませんか」

「はい、もちろんでございます。生徒会では本当にお世話になりましたわ」

彼女はサイアーズ侯爵家の令嬢、ウェンディ・エリザベス・サイアーズ。

レイナルドやクライドよりも一歳年下で、現在は王立アカデミーの最終学年に在籍しているはずである。

在学中は生徒会活動で一緒だったレイナルドにこのような声かけをしてくるのは白々しくも思えたが、立場上無下《むげ》にすることはできない。

なぜなら、サイアーズ侯爵家は王家ともつながりを持つ名門だからだ。

「王宮でお会いするとは珍しいですね」

「そうですわね。アカデミーは試験休みに入りましたので、お父様に付いて登城してしまいました」

「将来のために勉強されるのは良いことだ」

「先ほど、騎士団の訓練場でレイナルド殿下が鍛錬をされていらっしゃるのも拝見いたしました。とても素晴らしい腕前で……さすが王太子殿下ですわ」

「ありがとうございます」

内心うんざりはしたが、レイナルドは当たり障りのない返答をした。

「あの、もしよろしければこれから――」

ウェンディは小首を傾《かし》げて大きなルビー色の瞳を輝かせる。

その瞬間、にこやかな表情を浮かべているように見えたレイナルドの視線がわずかに鋭くなったのを、隣で見守っていたクライドは察したようだった。

レイナルドの代わりに一歩出ると、胸に手を当てて挨拶をする。

「ウェンディ嬢。王宮内の案内は私が承りましょう」

「クライド様。あの、でも私は、」

ウェンディの視線がクライドのほうに向いた隙《すき》に、レイナルドは歩き出した。

「クライド。頼むな」

「おっけ。後で行くからちゃんと仕事しててな？」

「当然だろう」

「えっ？　……あの、あっ……レイナルド殿下……！」

ウェンディの呼びかけを真っ白い微笑みでねじ伏せ、二人を回廊へ置き去りにしたレイナルドは広い共用スペースを備えた執務室に入室する。

そこは、図書館のような背の高い書架に囲まれた広い空間。

図書館と違うのは、明らかに机と人が多く、ざわざわしていることである。中央のスペースでは小さな会議も行われているようだった。

そして、窓に面したエリアに本棚を衝立《ついたて》にして造られた個室はどれも特別な人間専用である。

もちろん、その中の一つはレイナルドのものだった。

周囲からの「殿下、おはようございます」という声をくぐり抜け、広い執務机に着く。

そして書類に手を伸ばすと、すぐに影ができた。

「……何か」

「これはこれは、レイナルド殿下。朝からこちらでお目にかかれるとは」

「私が朝はここに来ないと思っていたかのような口振りですね、サイアーズ侯」

「いえ。まさかそんな」

さっそくやってきた彼は、先ほど大理石の回廊で会ったウェンディの父親だった。

この執務室に入ってきたレイナルドを見つけてすぐに飛んできたのだろう。息が切れている。

先ほどの邂逅《かいこう》とサイアーズ侯の口振りから意図を察したレイナルドは苦々しさを覚えたが、表情には出さずにこやかに対応する。

「それで何か。生憎《あいにく》、側近のクライドはここに来る途中で偶然会ったウェンディ嬢を案内していま す。執務に関わることはクライド経由で優先順位を決めた上で対応しますので、改めてもらえると」

「……我が娘、ウェンディはクレヴァリー家のクライド卿と一緒だと仰《おっしゃ》るのですか？」

「はい。アカデミーでも仲の良かった二人だ」

そっけないレイナルドの返答に、サイアーズ侯は片眉を上げショックを隠さない。

(当然だな。今日、ウェンディ嬢が王宮を訪れていたのは、偶然を装って俺に近づき距離を縮めるためなのだろう。彼の予定では、俺はウェンディ嬢の案内をして午前中を過ごし、この執務室に来るはずがなかった)

レイナルドにもウェンディに同情する気持ちはあるが、そこに付け込まれるのはごめんである。これ以上面倒な話題になるのを避けたかったが、サイアーズ侯のほうも一歩も引く気はないようだった。

軽く腰を折り、レイナルドに近づいて小声で聞いてくる。

「レイナルド殿下には……どなたか心に決めた方がいらっしゃるのでしょうか」

「……何だと？」

明らかに不機嫌になったレイナルドだったが、サイアーズ侯には怯《ひる》む様子がない。

「レイナルド殿下もアカデミーを卒業され、一人前になられた。婚約者がお決まりでないことを国王陛下もご心配されているのではないでしょうか」

「ご意見感謝する。だが、心配には及ばない」

「いいえ、この国の長い繁栄を願う一人として、心配もいたします。……自惚《うぬぼ》れになりますが……ああ見えて、うちの娘は適任ではと。国母にでもなれるよう、しっかり躾《しつ》けてまいりました。殿下のご意思に背くことなど絶対にありえません」

「…………」

はぁ、とため息をついたレイナルドは、持っていた書類の束を執務机にばさりと置く。

「……婚約はいつでもできるだろう」

「は？」

「私には決まった相手がいない。すぐに決めるつもりもない。だが、周囲が私のそばに置こうとしている令嬢は山ほどいる。ウェンディ嬢もその一人だ。貴殿が仰るのはそういうことだろう？」

「ああ、まあ……それは――」

「それならそういうことだ。周囲が決めたことにただ従うだけなら、いつでもいい。今日でも明日でも、数年後でもな。本人の資質や家の力関係まで含めて、そのときに最も適任だった者を選ぶ、それだけの話だ」

「…………」

有無を言わせないレイナルドの言い方に、さっきまで諭すような姿勢だったはずのサイアーズ侯は呆気《あっけ》に取られている。

レイナルドはその背後からやってきた自分の側近に声をかけた。

「クライド。サイアーズ侯がお帰りだ。案内を」

「え？　はーい？」

「……失礼する」

まじ？　という調子のクライドの返答が執務室内に響く前に、顔を真っ赤にしたサイアーズ侯は踵《きびす》を返して去っていった。

それを見送ったレイナルドは頬杖《ほおづえ》をつく。

「……面倒だな」

「何？　また、縁談とかそういう案件？　どこの家も抜け駆けしようと必死だね」

「ああ。一時期落ち着いていたんだけどな」

「レイナルドがスウィントン魔法伯家のフィオナ嬢と特別な面会の場を複数回持ち、人目につく場所にデートにまで出かけたっていうのは周知の事実だかんね？　そういうことには全く興味がないはずの王太子殿下の気持ちが変わったとなれば、周囲が目の色を変えるのも当然じゃん？」

「しかも……スウィントン魔法伯家は没落し、当のフィオナ嬢も王都を離れたことになっているからな」

「実際は王太子殿下の一番近くにいるのにね？」

「…………」

最後の言葉を囁《ささや》くように告げ、楽しそうに笑うクライド。

それを睨みつけてからレイナルドは周囲を見回す。

ざわざわした執務室に聞こえているはずはないが、フィーネのことを思うと心配だった。

立ち上がると背後の窓を覗《のぞ》き込む。

この三階の執務室からは薬草園が一望できる。その中に、金色の髪を一生懸命に帽子の中にしまいこもうとする少し小柄な女性の姿が見えた。

けれど、どうやら失敗したようである。運悪く吹いた風に帽子が飛ばされて、あわあわと追いかけている。

その帽子は同僚の男性に拾われて、それを受け取ろうとした彼女はニコリと笑い軽く膝を曲げた。

些細《ささい》な仕草がフィーネらしいが、どこからどう見ても一般的なメイドではなく貴族令嬢のそれである。

隣でクライドがくつくつと笑っているが、レイナルドとしては彼女の不器用さを知るだけにどうしても心配になってしまう。

「フィーネちゃん、薬草園にいるね」

「ああ」

「その顔。緩みすぎ」

「そういうことを言うな」

「側近として忠告してあげてるんだよ。彼女を守りたいならあまり特別扱いしちゃだめだよ。してもいいけど、バレないようにやんなきゃ」

クライドの言うことは一理ありすぎる。

レイナルドは窓枠にもたれかかると小さく呟いた。

「婚約、か。避けられないとはわかっているが、先のことはあまり考えたくないな。今の俺はフィーネの幸せを守ってやれればそれでいいんだが」

「国王陛下はともかくさ、王妃陛下は好きそうだよね。フィーネちゃん」

「…………」

無言でクライドを睨むと、彼は「ごめんて」と茶化しながら両手を上げる。

「とりあえず、そういうことは本人に言いな？」

「ああ、そうする」

ぴゅう、というクライドの口笛を聞きながらレイナルドは執務机に戻った。

(早く一日を終えて、夕方のアトリエに行きたい)

そんなことを、考えながら。

episode.1

第一章 フィーネの目標

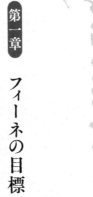

アルヴェール王国の冬は少し長い。

私はその冬支度が好き。

ふわふわの暖かなケープに包《くる》まりながら、スウィントン家の使用人が薪《まき》を割るのを眺めていたのが子どもの頃の思い出。

小屋いっぱいに薪の準備ができたら、そこからは私の仕事。

風と火の属性を持たせた魔石に魔力を注いで、薪を乾燥させるのだ。

もちろん、魔法を使えば魔石なんていらない。

あのアトリエに置かれていた魔法書にはそれぐらいの呪文は書いてあった。

――けれど、私が魔法を使えることは秘密。

だから、冬の薪小屋にはいつもガーネットの魔石が吊《つ》るされていた。

薬草の匂いがしない冬の庭と、真っ白くて眩《まぶ》しい視界と、アトリエから溢《あふ》れる暖かな空気。

不思議と音が響かない冬は、ぱちぱちと薪が爆《は》ぜる音だけが耳に残る。

静寂の中に鳴る暖かさ。

それは、内気で気の弱い私にとって安心する世界だったのかもしれない。


外の空気がひんやりとしてきた夕方のアトリエ。

日が落ち切って、闇に呑《の》まれる前の青い庭の隅。冬の匂いはまだしない。

スウィントン魔法伯家という実家を失った私は、ある決意をもとに王宮に戻っていた。

それは、一年以内に商業ギルドに自分が錬金術で生成した商品を登録すること。

本当なら時間がかかるものだけれど、私には魔法という少しのアドバンテージがある。

そして、目立ちたくない私を助けてくださるレイナルド様という心強い味方もいらっしゃるのだ。

「せっかくこんなに素敵なアトリエを使わせてもらえるんだもの。頑張らなきゃ……！」

「ここはフィーネのアトリエだけど」

「わぁっ？」

小声だったつもりが、いつの間にかレイナルド様が隣にいらっしゃって決意を全部聞かれていたみたい。

レイナルド様は楽しそうに表情を緩めると、手にしたグラスを私に向かって掲げる。

「これ、おいしいね」

「ほっ……本当ですか……？」

このグラスに入っているのは、さっき私が作ったホットワインだった。

今日は寒いから温まろうと思って作ったのだ。小鍋に半分残っていたのを、レイナルド様はお飲みになったみたい。

自慢ではないけれど、私が作るものはあまりおいしくない。

薬扱いのポーションはともかく、コーヒーやホットワインなどの飲み物まで残念な味に仕上がってしまうのだ。

『味』への感受性を育んでこなかったこれまでの人生を後悔しつつ、ホットワインをおいしいと仰《おっしゃ》ってくださったレイナルド様の顔を覗《のぞ》き込む。

陶器のようにすべすべなレイナルド様のお肌の色に、変化は見えない。きっと気絶しそうなほどおいしくないわけではない……と思う。

果実やスパイスをふんだんに使ったこのホットワインの作り方はとても簡単。

だから失敗するほうが難しいはずなのだけれど、私が作るとどうも不思議な味になってしまう。

現に、一人で先にホットワインを味わっていた私の舌は少しピリピリしていた。

きっとこれはスパイスが効きすぎているのだと思うけれど……。

錬金術を操るときと同じように、きちんと分量通り作ったはずなのにどうしてなのかな。

「クローブを軽く潰《つぶ》して入れたのが良くなかったかな……ううん、オレンジが少なかった？」

さっきまでの決意そっちのけでグラスを覗き込んで考えている私の隣で、レイナルド様が柔らかく微笑《ほほえ》む気配がした。

コトン、と音を立ててグラスを置くと念押ししてくださる。

「フィーネ、聞いてた？　おいしいって。本当に本当だよ。おいしい」

「ま、魔力は注いでいないですが、このホットワインも鑑定できますよね……？　味ってちゃんと2になっていますか……？」

「……今日は夕食を一緒に食べようと思って厨房《ちゅうぼう》から届け物をお願いしているんだ。じきにクライドが持ってくるよ。待ってて」

「！」

レイナルド様は、そう言って立ち上がると奥のミニキッチンに行き、オーブンの準備を始めてしまった。

味のことを聞くと大体こうして話題を逸《そ》らされてしまう。

つまりそういうことなのですね？

レイナルド様の優しさを感じる反面、彼は鑑定スキルで見える数字に関して絶対に嘘《うそ》をつくことがないのだろうな、と思う。

その真摯《しんし》さが、この世界でわずかな人間しか持たない鑑定スキルの価値を揺るぎないものにしている。

私もこんな風に守るべき一線は越えない人間でありたい。

一緒に過ごす日々の中で、何度も、私とは生まれ持ったものが違うんだろうなぁと実感する。

少なくとも、薬草園の隅にあるアトリエでオーブンの温度調節をさせていい相手ではない、うん。

「どうしたの、フィーネ」

「……！」

奥のキッチンから優しい視線をくださるレイナルド様に、私はハッとして首を振った。

いつの間にかその立ち姿に目を奪われていたみたい。慌ててさっきまでの作業の続きに戻ることにする。

雑念を払うように、丁寧に洗ったフェンネルをひとつひとつ紙の上に広げていく。

水分を拭き取っていくつかの束を作り、乾燥させるのだ。

「あ、それ。この前、王宮の錬金術工房でもやってたよ。冬支度だね」

「は……はい。冬の間はこうして保存が利くように加工した素材を使うことが多いので、生成が少し難しくなります」

「温室に植え替えたものもあるんだよね？」

「も……もちろんですが、数が限られるので、それは本当に質の高いポーションをたくさん作りたいときのために残しておきます」

「珍しい冬風邪が流行《はや》ることもあるもんね」

「は……はい。そのときに質の良い素材がなくて困るよりは、いつものポーションを作るときに少し難しいほうを選ぶのが普通ですね」

気がつけば、レイナルド様は私の隣に来て楽しげに手元を眺めていらっしゃった。

アカデミー時代には見たことがない、飾らない柔らかな表情に、なんだか心がざわざわする。

「そういえば、今日は薬草園の仕事が忙しかった？」

「？　は、はい。温室への植え替え作業がたくさんあって……」

私を見下ろすレイナルド様の視線の動きに、どきりとした。あまりにも一点を見つめてくるので、ハッとする。

「……も、もしかして顔に土がついていますか!?」

「うん、少し」

「！」

慌ててハンカチを取り出し、心当たりのある場所を擦《こす》る。

認識阻害ポーションでは汚れた顔は隠せないらしい。

一応、顔を洗って鏡を確認したはずだったのだけれど……久しぶりの薬草園の仕事に夢中になりすぎてしまったみたい。恥ずかしすぎます……！

「まだこっちについてるよ」

「こ、ここですか……？」

「ううん、もう少し上」

レイナルド様は自分の顔を指差して、私の顔のどこに土がついているのか教えてくれる。

けれど、なかなか土は取れないようで。

「取れたでしょうか？」

「もう少しだけ左」

「こ、こ、この辺……？」

「うーん」

レイナルド様は困ったようにして戸惑いながら私のほうへと一歩近づく。

さっき飲んだホットワインとは違う、夏の樹々《きぎ》の香り――レイナルド様が身につけている香水がふわりと香る。

青みを帯びた黒髪越しに見える、晴れた日の冬の空みたいな瞳がとてもきれい。

「ちょっとごめんね」

「！」

レイナルド様の手が私の頬《ほお》まで伸びてきて、息が詰まった。

私の頬の真ん中あたりを、レイナルド様は指で優しく拭《ぬぐ》う。

それは本当にわずかな時間のこと。私は、ただ目を瞬《しばた》くことしかできない。

「……取れたよ」

「あ……あ、あり、」

レイナルド様は悪戯《いたずら》っぽく微笑んで、指先についた土を「ほら」と払った。

あまりにも自然で余裕のある仕草に、私はまたぱちぱちと瞬くだけ。

戸惑っている私のことは気にも留めず、レイナルド様は聞いてくる。

「今日はまたポーションを作る？」

「い、いい、いえ。あの、もう日が落ちてしまったので」

「そっか。フィーネは太陽の光があるところでしかポーションを作らないんだっけ」

私はただこくりと頷《うなず》いた。

アトリエの奥から、リン、とオーブンが温まったことを示す鐘の音が響いた。

けれど、レイナルド様は隣で私がフェンネルの加工作業を再開するのをじっと待っている。

「クライド、遅いね」

「……そうですね……」

アトリエを揺らすオレンジ色の光で、レイナルド様の顔色ははっきりとはわからない。

つつつ

でも、少しはにかんだようなこの微笑みを私は見たことがある気がする。

——もちろん、それを見たのは『フィオナ』だったと思うのだけれど。

それから少しして、クライド様が夕食を持ってきてくださった。

「フィーネちゃん。今日なんか口数少なくない？　どしたん？」

「!?　そ、そ、そんなこと」

挙動不審になりながら思い出すのは、ついさっき、私の頰の土を拭ってくださった瞬間のレイナルド様の香水の香りだった。

ぶんぶんと頭を振った私の目の前、トマトソースとチーズがたっぷりかかったお肉のキャベツ包みがオーブンで焼かれている。

おいしそうだけれど、まだ頰に残る感覚にドキドキする。

クライド様は私の隣にやってきて、至近距離でしゃがみ込むと一緒にオーブンを覗き込む。

「本当に？　レイナルドと二人でなんかあったんじゃない？」

「!?　そ、そ、そんなこと」

「あー、その反応。聞かせてみ？」

「!?」

悪戯っぽく笑ったクライド様にひえっ、と飛び上がると、作業台でお皿を並べていたレイナルド様から「クライド、フィーネに絡むな」という声が飛んでくる。

「えー。ごめんね？」

口を尖《とが》らせて謝罪を口にするクライド様に、私はふふっと笑った。

不思議。さっきレイナルド様とも同じぐらいの距離にいたはずなのに、今は全然ドキドキしなかった。

それから少ししてテーブルに並んだのは、お肉のキャベツ包みとオニオングラタンスープだった。

お皿の上でキャベツ包みにナイフを入れた私は目を丸くする。

「お肉の中にお米が入っていて、もちもちしていて食感が面白いです！　トマトソースも甘みが強くてジューシーなお肉とお米に合うし、何よりもチーズがとろっとろクリーミーです……！」

「あはは。フィーネちゃんと一緒にごはん食べるのやっぱり楽しいわ。でも確かにうまいね。オニオングラタンスープも玉ねぎが甘くて香ばしい」

このアトリエの空気を明るくしてくださるクライド様に、なんだかホッとする。

もちろん、レイナルド様と二人きりでも楽しいし、研究の話がたくさんできるのだけれど。

今日は、頬をサラリと拭っていったレイナルド様の指の感覚が頭から離れない。

一人だけ挙動不審になってしまうのはどう考えてもおかしいし間がもたないから、クライド様の存在がありがたかった。

レイナルド様は、そんな私たちを見ながらいつも通り笑っていた。

私の不思議なドキドキなんて絶対に気づいていないと思う。

数日後。

「フィーネさん。こちらの処理もお願いできるかしら」

「はい、ローナ様」

今日は錬金術工房勤務の日。私が返事をすると、この工房を取り仕切る錬金術師の一人でもあるローナ様は困ったように首を傾《かし》げた。

「ねえ。私はあなたの上司であって仕える相手ではないの。様づけは勘弁してもらえるかしら？」

「！　も、もも申し訳ございません……！」

「ううん、いいのよ。じゃあ、ローナさんって呼んで？」

「ロ、ローナさん」

「そうよ。お願いね」

ひとつに結んだ艶《つや》やかな栗毛《くりげ》を揺らし、にっこりと微笑んだローナ様……ではなくてローナさんは、溌溂《はつらつ》とした印象の女性。

私よりも一回りほど年上に見える彼女は王立アカデミーを出てすぐに宮廷錬金術師として認められ、それからずっとここに勤めているらしい。

ローナさんが操る錬金術の見事さはもちろん、人員配置や指示の的確さは週に二度しかここに来ない私にもよくわかる。

薬草園で安心する香りと優しい人に囲まれて働くのも好きだけれど、工房に来ると、なんとなくローナさんを目で追ってしまう。

ローナさんは私が宮廷錬金術師に憧れていた子どもの頃の理想そのもの。

高すぎる目標に違いないけれど、少しでも近づきたい。

そのための一歩が、一年以内に商業ギルドに自分の商品を登録することだった。

レイナルド様と一緒にいるようになってわかったことがある。

それは、ただ大好きな研究をしているだけでは誰かの力にはなれないということ。

スウィントン魔法伯家では上級ポーションや錬金術師ギルドからの依頼を裏ルートで受けていたけれど、あれはすべてお兄様のお膳立てで成り立っていた。

自立して一人で生きていくのだから、私の研究の成果を役立ててもらう道筋をつけるのさえ、これからは自分でできないといけないと思う。

きっとそれは自信とやりがいにつながるはず。

だから、とにかく頑張らなきゃ……！

人知れず気合を入れ直した私は冬支度用の薬草から水を払った。

その瞬間に、私の隣で甲高い声が響く。

「つまんないわぁ。冬になって、あまり頻繁に薬草園に行かなくてよくなったと思ったのに……地味なのよ、見習いの仕事って」

「！　ミ、ミミミミア様」

いつの間にか並んでいたらしいミア様に、私は飛び上がってしまった。

そして、ミア様は前に私に向かって自分が宮廷錬金術師だと名乗っていたことをすっかり忘れてしまったらしい。

上司や先輩方が聞いていないのをいいことに、言いたい放題だった。

「あーあ。ちょっと王宮で働いて箔《はく》をつけたら、侯爵夫人として引っ込むはずだったのに。なんでこんな地味な冬支度をしなきゃいけないのよ！」

「…………」

「あなたもせっかく王宮勤めをしているんだから、ここで誰かいい人を見つけたほうがいいわよ。どうせ、今いる場所がピークなんだろうし」

「…………」

まともに答えようと思うと声が震えてしまいそうなので、私はそっと目を逸らした。

お兄様によると、ミア様とエイベル様の婚約の話はなくなったらしい。

アカデミーでの婚約破棄騒動については真相の究明ができなかったけれど、エイベル様の振る舞いは王都でも知れるところとなっていた。

例えば、先日劇場でクレームをつけていたのはその一つ。それに拍車をかけたのがミア様だと判断されてしまったみたい。

そういう経緯から、ミア様の立場は結構複雑らしい。

ミア様を養子として引き上げたアドラム男爵家も次に問題を起こせばただでは済まない、とお怒りになっているということだった。

それなのにこんな風に次の手段を考えられるミア様。とにかく、たくましすぎます……！

けれど、事の顛末《てんまつ》を聞いても私はミア様に同情することはない。だって、私もミア様には居場所を奪われている。

かといって、もし私が『フィオナ』としてここにいたとしても腹立たしくは思うけれど仕返しをする気にはなれない。

だからせめてアカデミー時代に『フィオナ』がしてきたこと――ミア様の身代わりになって手柄を渡すようなことだけはしないと誓う。

私の決意など知るはずもなく、ミア様の不満は続く。

「あーあ。こうして薬草を加工しているけど、冬用に加工した薬草じゃ生成が難しくなるんでしょう？　それなら温室から新鮮な薬草を採ってきて使うほうが楽よ。どうせ、ポーションが大量に必要になるような冬風邪が流行したらそっちを使うんでしょう？　薬草園の温室の面積を広くしたほうが効率的よ」

「……お、おお詳しいのですね……」

お勉強が嫌いなミア様が冬風邪に関わる錬金術師の立ち回りをご存じなのは意外だった。

思わず返答してしまった私に、ミア様はつっけんどんに告げてくる。

「ふん。それぐらいは知っているわよ！」

「……？」

急にミア様の愛らしいお顔からは自信満々の笑みが消えてしまった。

どうしたのかな、と思いつつ、会話が終わったことにほっとした私は目の前の薬草たちに意識を戻す。

水滴を拭き取った薬草は、まだ採取したてのように生き生きとしていた。

ミア様は「温室から新鮮な薬草を採ってきて使えばいい」と仰るけれど、温室の薬草はいざというときのために残しておくべきなのだ。

私は、はたと閃《ひらめ》く。

そっか。魔法を使えばこの薬草もいざというときに新鮮な状態にできるのでは？

魔力を魔法に変えるためには『呪文』が必要。

簡単な風や火を起こす程度のものなら暗唱できるけれど、ちょっと複雑なものになると魔法書を見ないと発動させられない。

思いついたらわくわくして、いてもたってもいられなくなってきました……！

ということで、ミア様への違和感はとりあえず置いておいて、私は王立図書館へ向かうことにした。

第二章

図書館で出会った人

episode.2

この王立図書館はアルヴェール王国で一番の広さを誇る。錬金術の資料や特別な魔法書まですべてが揃《そろ》った、夢のような場所。

五階まで吹き抜けの造りになった受付スペースを通り抜けて、魔法書の並ぶ場所まで歩く。

真っ白い大理石の床に音が響かないように気をつけながら。

「い、いつ来てもすごいわ……！」

思わず感嘆の声をあげた私の目の前には、たくさんの魔法書が壁いっぱいに並んでいた。

魔法書のコーナーは五階の吹き抜けの先、一番奥。

ステンドグラスがはめ込まれたドーム型の天井が太陽の光を透かすその場所は、ものすごく広い。

引きこもり時代から憧れだったこの場所が、私はアトリエの次に気に入っている。

「魔法書も普通に手に取れるのが不思議なのよね……」

この世界で魔法は消えたとされている。だから、魔法書の管理はそこまで厳重ではない。

さすがに禁忌呪文や危険な魔法が載った魔法書は無理だけれど、一般的な魔法書は図書館内で誰でも閲覧できる。

魔力を持った人間が呪文を唱えても何も起こらないのだから、当然といえば当然だった。

私のお目当ての魔法書は、少し奥まった場所の高い位置にあった。

薬草園の仕事で体力はついたけれど、悲しいことに私は機敏に動けるタイプではない。

落ちないようにしっかりと手すりを握り、恐る恐る梯子《はしご》によじ登ろうとしたところで声がした。

「あら、あなた。淑女がそんなところに登っては危ないわ。人を呼んであげるから待ちなさい」

驚いて振り向くと、夜明けの空のように青みを帯びた黒髪をなびかせた女性がいる。

はっきりした目鼻立ちと凛《りん》とした佇《たたず》まい。とってもおきれいな方だ。

身に着けた光沢のある淡いオレンジ色のドレスは、一目で上質なものとわかる。

この王宮に勤める人……ではなく、まるで仕えられる側のような高貴な雰囲気。

気圧《けお》された私は、慌てて梯子を下りた。

「……あ、あの、ありがとうございます……ですが、大丈夫です……！」

「その制服は錬金術師見習いの子ね。工房にない本を借りたかったの？」

「あ……あの、いえ、その」

もごもごおどおどしている私と目を合わせてふわりと微笑《ほほえ》んだ女性は、私が登ろうとしていた梯子の先に視線を向ける。

そこには「光魔法」の魔法書があった。

ちなみに、魔法書にはどれも劣化しない魔法がかけられている。

なので、数百年前から変わらずに存在する。魔法書とはそういうものだった。

「あら。あなた、錬金術の本ではなく魔法書を探しているのね」

「はっ……はい、いえ、あの……」

「ふふふ。もう消えたと思われていても、わくわくするわよね」

女性は悪戯《いたずら》っぽく微笑むと、梯子に手をかけて登っていく。

待ってください。

今、私を『危ないから待て』って止めたのはどなたでしょうか……？　そして人を呼ぶのではなかったのですか！

「あ、あの！」

「あなたが欲しいのはこれかしら？」

それは自分で！　と慌てた私の目の前で、女性は一冊の魔法書を抜き取り梯子から降りた。

そして、私に渡してくれる。

「あ……あ、ありがとうございます……ですが、あの」

「いいの。私もここは好きだし慣れているのよ。懐かしい想《おも》い出がいっぱいの場所だから」

女性はそう仰《おつしや》ると目を細めて、ドーム型の天井を見上げる。

気がつかなかったけれど、この方は私よりも少し……ううん、結構年上なようだった。

美しい方だから年齢がわからなかったけれど……もし、私のお母様が生きていたらこれぐらいだったのかもしれない、なんて思ってしまう。

とにかく早くお目当ての呪文を覚えて帰ろう。

私は女性に淑女の礼をすると、隅に置かれたベンチに座り魔法書を開くことにする。

礼の仕方には気をつけるようにレイナルド様に言われているけれど、なんとなく、この方には礼儀正しい令嬢の挨拶がふさわしいと思ったのだ。

「ふふふ。錬金術師の服を着て魔法書を読むなんて……あなたはうちの息子と好きなものが同じなのね。なんだか懐かしいわ」

「……！」

聞こえた言葉にハッと顔を上げると、階段を下りていく青みを帯びたなめらかな黒髪が見えた。

「独り言、だったのかな」

一人、専門書コーナーに残った私はふと気になった。

さっきの方のお声はどこかで聞いたことがあるような。

うーん、でもどこでだったかな。

どうしても思い出せなくてもやもやしたけれど、魔法が大好きな私はすぐに手元の魔法書に夢中になったのだった。


翌日。

いつもよりもさらに早起きをしてアトリエにやってきた私は、昨日加工して天井から吊《つ》るしたばかりのフェンネルの束を一つ手に取り、わくわくしていた。

「光魔法を使うのは初めて……！」

かつてこの世界に魔法が存在した頃、魔法使いの魔力と引き換えに魔法を発動させてくれる精霊は火、水、風、土、光、闇の六種類が存在していた。

私が素材の加工に使うことが多いのは火や風、土の魔法。

たとえばきめ細かいシナモンパウダーを作るときには火魔法で乾燥させたあと風魔法で粉砕したし、レイナルド様にお借りした魔石には土魔法で鉱物の構造を変化させ魔力を蓄える核を作った。

昨日、私が図書館で覚えてきたのは光の精霊による「物の時間を操る魔法」。

光の精霊に力を借りて作用する魔法は、回復魔法など少し特殊なものが多かったと言われている。

そのせいか、スウィントン魔法伯家にも光魔法の呪文が載った魔法書は残っていなかった。

けれど、あの図書館の魔法書のコーナーで見られるものは、かつて存在した一般的な魔法にほかならない。

だから、珍しい光魔法が私にも使えるかもしれないのだ。

「この魔法を応用すれば、薬草だけじゃなく農作物の生産量なども一気に増やせそうな気がするのに……誰でも使っていい一般的な魔法に分類されているのはどうしてなのかしら……」

魔法が消えたと思われているとはいえ不思議な気がする。けれど、その答えはすぐにわかった。

「復活《レスタウラティオ》」

記憶してきた通りに唱えると、私の手元がぱぁっと明るくなる。

長持ちさせるために加工された薬草は、みるみるうちに生命力を取り戻していく。

水分が抜けかけた茎に光の粒がまとわりつき、萎《しお》れた葉はみずみずしくふっくらと復活した。

「!?」

けれど、途端に身体がずしんと重くなる。

何が起こったの……?

両手を顔の前まで持ち上げるのすら億劫《おっくう》で、私は目を瞬《しばたた》いた。

瞼《まぶた》もものすごく重く感じられて、眠さがすごくて……でも、以前魔石の加工をしたときに体力不足で動けなくなったのとは違う、不思議な感覚。

そっか。これって、魔力が大量に持っていかれてしまったということだ。

魔力量の多い私は魔力切れを起こしたことがない。

だから、気づくのが遅れてしまったらしい。

「たった一束でこれなんだもの。これじゃあこの魔法を活用するなんて、絶対にむ、り……」

言い終わる前に、私の意識はぷつりと途切れてしまった。


一体どれぐらいの時間が経《た》ったのだろう。

気がつくと、アトリエにはコーヒーの香りが満ちていた。

窓から差し込むのは、朝になりたての青い光ではなくてお昼に向かう金色の光。

「え……っと……」

突っ伏していた作業机から顔を上げると、さっきまで重かったはずの身体はいつも通り動いてくれた。

やっぱり、魔力を一気に持っていかれたせいで一時的に眠ってしまっただけみたい。よかった。

……じゃない！　薬草園の仕事が！

慌てて体を起こすと、肩にかけられていた外套《がいとう》がばさりと落ちた。

途端に、ふわりとグリーンの爽やかな香りがする。

これはレイナルド様のものだ、とどきりとする前に、私の真向かいで設計図を描いていたその人が立ち上がった。

「おはよう、フィーネ。ここで眠ってしまうなんて珍しいね」

「あっ……あの、おはようございます、レイナルド様。時間は……」

「大丈夫。薬草園の仕事が始まるまでにはまだ十分な時間があるよ」

よかった、と息をつけたのは束《つか》の間《ま》だった。

レイナルド様は私の顔を覗《のぞ》き込んだあと、柔らかだった表情を一瞬でこわばらせる。

「……フィーネ。ここに入ってきたとき魔力の気配があったけど、もしかしてさっきまで何か生成していた？」

「！」

いけない。寝ぼけていて気が回らなかったけれど、魔力切れや魔力の大量消費が起きると、それが身体の表面に表れる。

魔力が潤沢なことに油断して光魔法に一気に魔力を持っていかれてしまった私は、今まさにそんな顔をしているのだろう。

「鏡を見てみて。目が真っ赤だし顔色も不自然に青白い。魔力切れは起こしていないみたいだけど……一気に魔力を消費したときに見られる兆候だね」

「い……いい、いいえ！　あの！」

どうしよう、また心配をおかけしてしまった……！

慌てる私を置いて、レイナルド様はアトリエの扉に手をかける。

「魔力を補充できるポーションをもらってくるから、フィーネは休んでて。三階にベッドがあるからそこを使って」

「だっ……だだ、だ大丈夫です、レイナルド様！」

「……身体が怠《だる》くて三階まで上がれない？」

「いっ……いえ、そんなことは」

「わかった。三階まで連れていく」

「！」

わかったって、全然わかっていないと思います……！　とまではさすがに言えなかった。

けれど、返答を無視するレイナルド様のお顔は、あまりにも真剣だ。

「あの、本当に」

大丈夫です、と続けたい私を遮ってレイナルド様は仰る。

「フィーネはあまり身体が丈夫なほうではないだろう？」

「……？」

「急にいつもの生活に戻れるはずがないんだ。自分で頑張りたい気持ちはよくわかるよ。だけど、少しは信頼してほしい」

「……？　あの、レイナルド様……？」

レイナルド様が仰る意味がわからなくて、私は首を傾《かし》げる。

確かに、ここのところの『フィオナ』としてはいろいろあった。

劇場の火事に遭遇して数日間寝込んだし、スウィントン魔法伯家はきれいに没落してかつて心の拠《よ》りどころだった私のアトリエはなくなった。

でも、フィーネとしてはそれを悟られないように頑張っていたはずなのに……。

逡巡《しゅんじゅん》する私をレイナルド様は待ってくれなかった。

どう切り抜けようか考えているうちに、いつの間にか背中に手が回ったのを察する。

女性への気遣いはあるけれど、それ以上に体調のすぐれない病人を運ぼうという確固たる意志を感じた私は言葉そのままに飛び上がった。

「だ、だ大丈夫です、本当に！　ほっ……ほほほほら、私、こんなに元気です！　魔力が切れたわけでもないので、十分に動けます……！」

「本当に？　無理してない？」

そういえば、レイナルド様はアカデミー時代も倒れた私を医務室まで運んでくださったのだった。

そのときの記憶がなくてよかった。もしあったら、私の顔色はさらに青白かったと思う。

そして多分、レイナルド様の『三階に連れていく』はそのときと同じ状態を指している気がする。

……無理。うん、無理です。

でも……ど、どうやってこの状況を抜け出したらいいの……！

焦りで冷や汗が流れ出した私の脳裏に、大体いつも助け船を出してくださるクライド様のお顔が思い浮かんだ。

「あっ！　あの、ク、クライド様がもうすぐいらっしゃいますよね!?　あの、そうしたら手伝っていただきます！　必要があればですが……」

「……クライド？　どうして？」

「！」

正解の選択肢だと思ったけれど、どうやら間違いだったみたい。

心配そうに見えたレイナルド様の瞳が急に鋭くなって、私の緊張は最高潮に達する。

「と、とにかく大丈夫です……！　私、そろそろ薬草園の仕事に行ってきます……！」

「あ、フィーネ」

そのまま礼をすると、私はアトリエを後にする。

また癖で淑女の礼になってしまったけれど、今はそんなことに気遣う余裕はない。

とにかく、この焦りから逃げ出したかった。

すっかり明るくなった薬草園の端っこを走りながら、この前頬《ほお》についた土を拭《ぬぐ》ってくれたレイナルド様の手が蘇《よみがえ》って、ぶんぶんと頭を振る。

少し前までのレイナルド様には想う人がいた。そして、その想いを突き放したのは私自身だと思うとなんともいえない気持ちになる。

薬草園の今日の持ち場についた私は、リラックスできるハーブの香りを胸いっぱいに吸い込んだ。

いつもならすぐに大丈夫、と思えるのに、なぜか今日はいつになっても収まらなくて。

その後、薬草たちのなかに頭をつっこんでいるのをネイトさんに見つかった私は、またミア様にいじめられたのか、と心配されてしまった。

その日、一日の仕事を終えた私はいつも通り夕方にアトリエへと向かうつもりだったのに、なんだか気まずくて足が向かなかった。

もちろんアトリエには行きたいしレイナルド様やクライド様にも会いたいのだけれど、今朝の出来事を思うとどうしても足が重くなってしまう。

「フィーネちゃん？　何してんの？」

「わっ……ク、ク、クライド様！　い、いらっしゃったのですね」

薬草園の端っこ、突然目の前に現れたクライド様に私は声をあげる。

驚いて私が落としてしまった魔法道具を拾い、さらに土を払ってくれながらクライド様は人懐っこく微笑んだ。

「今日さ、レイナルドが元気なかったんだけど。理由、知ってるでしょ？」

「！」

「しかもさ、俺までなんかとばっちりで。あまり顔を見たくないからできるだけ後ろにいろって言われてんだけど。ひどくない？」

「そ……それは、あの」

本当にご愁傷さまですそしてごめんなさい……！　ではなかった。

それは間違いなく私がレイナルド様の心遣いを無視してアトリエを飛び出してしまったから。

自分のことにいっぱいいっぱいで、あんなに優しい人を傷つけてしまったかもしれないという事実に、さぁっと青くなった。

私の様子に構うことなく、クライド様はキラキラの小瓶を取り出す。

「でさ。これ預かってきた。魔力を回復させるポーション」

「あ……あの」

「見た感じ、これめっちゃ高いやつじゃない？」

たしかにその通りだった。

紫色のリボンが巻かれた、蓋《ふた》が尖《とが》った小瓶は特に質の高いポーションの証《あかし》。

気軽に友人に贈るものではないのが一目でわかって、困惑していただけの私は息を呑《の》む。

「こ、これは受け取れません……！　それに、私は元気です……！」

「レイナルドはそう思ってないみたいだったよ？　なんかすごい心配してたもん。子どもの頃からの仲良しの側近を邪険に扱うぐらいに？」

「ほ、本当に申し訳……、あの、これからアトリエに行ってお礼をお伝えして、お返しします……」

私がか細く呟《つぶや》くと、クライド様は「絶対受け取んないと思うけどなぁ」と笑った。

確かに私もそう思います。どうしたらいいの。

「ていうかレイナルドと何かあった？　困ってるんだったら助けになるけど。もちろん、レイナルド側の視点でだけどね」

「ありがとうございます、クライド様」

悪戯っぽい笑みを浮かべるクライド様にほっとした私は、今朝からの違和感をお話しすることにした。

「……あの。私、今朝レイナルド様から逃げてしまったんです。レイナルド様はただ私を心配してくださっているだけなのに」

「うっわ。予想はしてたけど、やっぱそういうやつ？」

「!? えっと、あの……も、申し訳、」

「あ、フィーネちゃんは謝ることないよ？」

「お、お友達になってくださってうれしかったのですが……やはり、あらゆる意味で私とは過ごされている世界や視点が違う気がしてしまって……」

そのほかにも逃げてしまった理由はあるし、もちろんそちらの方が大きい。

けれど、今はそれを話す気にはなれなかった。

私の話を少し聞いただけで腑《ふ》に落ちた様子のクライド様は「なんだ、そういうこと。警戒して損した」と笑ってから続ける。

「……そっか。ねー、もし、レイナルドがフィーネちゃんとフィオナ嬢が同一人物だって知ったらどうするの？」

「それは」

急に真面目な声色になったクライド様を前に、私は言葉に詰まった。

「レ、レイナルド様が私とお友達でいてくださるのは……きっと、私がフィーネだからだと思うんです。もしそうなったらこれまでの関係には戻れないし、ますます私は……」

「ん。前と考えはそんなに変わってないんだ。でもほんとにフィーネちゃんはさぁ、もっと自信を持っていいよ？」

「じ、自信ですか……」

「俺だって、フィーネちゃんをこうして気遣うのはただレイナルドの大事な友人だからってわけじゃないんだよ。わかる？」

「わか……わかりま、」

「わかんなくてもわかって。とりあえず、フィーネちゃんは頑張り屋さんだよ」

そう仰ると、クライド様はくるりと私に背を向けて歩き始めた。向かう先はアトリエなのだろう。

私の戸惑いを察して切り上げてくれる優しさは、クライド様ならではだ。私もこんな風に誰かを気遣える人になれたらいいな。

……と思っていると、意外な話題が降ってきた。

「そういえば、薬草園だけじゃなく工房でもフィーネちゃんの評判、すごくいいみたいだね」

「えっ？」

「レイナルドがうれしそうにしてた。人事系でいい報告が上がってるって。本当にアカデミーに通っていたことを明かさなくていいの？　絶対もったいないよ」

「……私は……」

アカデミーに通っていたことを明かすのは、すなわち私がフィオナ・アナスタシア・スウィントンだと名乗り出ることでもある。

そうすると、レイナルド様にフィーネとフィオナが同一人物だと知られてしまうのだ。けれど、それ以上に上級ポーションの中でも特別な『特効薬』の生成者が『フィオナ』だと知られてはいけない。

錬金術と魔法が大好きなレイナルド様のことだ、スウィントン魔法伯家に魔法が残っていると気がついてしまう気がする。

静かに生きていきたい私にとって、魔法が使えることは秘密。レイナルド様は信頼できるお方だけれど、それでも明かしてはいけないと思った。

言葉に詰まってしまったのを、クライド様は私が困っていると勘違いしたらしい。

立ち止まって私を振り返ると、髪をくしゃくしゃとかき乱している。

「ああごめん、しつこいね。あーあ。そんな顔させたら、またレイナルドに怒られるな」

「いえ！　あ……あの、ク、クライド様とレイナルド様は本当に仲が良いのですね……」

「そう見えてる？　俺に対しては暴君だよ、暴君。あれが将来この国を担うかと思うとほんと恐怖っつっーか」

「ぼ、暴君」

「そ。王子様な振る舞いをしているのはフィーネちゃんの前だけだよ。まぁ、といってもフィオナ嬢に対するものよりはアイツらしいけどね」

「……」

改めて、クライド様の口から『フィオナ』がレイナルド様にとって特別な存在だと聞くと、心の奥底になんだかもやもやしたものが湧き上がった。

この気持ちはきっと……自分への戒め。

フィーネとして生きていく私が立ち止まらないためのものに違いない。


その次の休日。

いろいろなもやもやに耐えられなくなっていた私は、また王宮図書館へとやってきていた。

レイナルド様の前から逃げ出してしまった日。

私はクライド様に助けられて夕方のアトリエに行き、魔力を補充するポーションをお返しした。

レイナルド様はとても心配そうな表情をしていたけれど、私の顔色を見ると納得してくださった。

そして「こんなにすぐに回復するぐらい魔力量が多いなら大丈夫だったね」と微笑む姿は本当に普段通りに見えた。

些細《ささい》なことで動揺したり恥ずかしくなったりする未熟な自分をなんとかしたい……！

「ふぅ。やっぱりここは素敵な場所だわ……」

ドーム型の天井のステンドグラスから差し込む光に照らされて、いくつかの魔法書を読んだ私の心は凪《な》いでいた。

今なら、たとえ顔じゅうについた土をレイナルド様に拭いてもらって、抱きかかえられて薬草園に搬送されたところで慌てることはない気がする。

ううん、やっぱり無理かもしれない。

ところで、魔法書にはただ呪文が並んでいるわけではない。それぞれの呪文ごとに留意事項や周辺知識などが書いてあって、それを読むのも楽しいのだ。

次の本を手に隅のベンチに座り直した私は、こちらに視線が注がれているのに気がついた。

青みがかった黒髪を揺らして、優しげな瞳が私を見ている。

この前、声をかけてくださった女性だった。

私は慌てて立ち上がって挨拶をする。

「フィ……フィーネ・アナ・コートネイと申します」

「また会ったわね。魔法書のコーナーはいつも空《す》いているのに」

「お、お邪魔して申し訳ございません……！」

「あら、いいのよ。いつも一人で寂しいもの。ここの本が好きな仲間がいると思うだけで私も楽しいわ」

上品な女性の笑顔につられて、私もつい微笑んでしまう。

女性は「リズ」と名乗った後、私にこの図書館についていろいろなことを教えてくださった。

会話が一段落したところで、リズさんはドーム型の天井を見つめて息を吐く。

「もうすぐ、ここに希少価値のある魔法書が増えるわ。今、特別な仕掛けがないか確認をしているところなの」

「……それは、楽しみです」

きっと、それは没落したスウィントン魔法伯家で保管されていた本のこと。

もうすっかり受け入れてはいるけれど、懐かしい思い出が私だけのものでなくなることは寂しい。

そんなことを考えていると、リズさんはため息をついた。

「はぁ。うちの息子にもあなたみたいなお友達がいたらよかったんだけどねえ。趣味もぴったりだし」

「リズさんには息子さんがいらっしゃるのですね」

「ええ。あなたと同じぐらいの年齢かしら。錬金術や魔法に夢中で、お年頃なのに一度も好きな子を連れてきたことがないのよ？　確かに魔法は素敵だけれど……屁理屈《へりくつ》ばっかりで婚約者も置いてくれないんじゃ、本当に困っちゃうわ」

「そ……それは」

リズさんに私と同じ年頃の息子さんがいると聞いて親近感を覚えたものの、ドロシー様たちとする夢物語に近い恋バナしか知らない私は何と答えたらいいのかわからなかった。

そんな私の様子を気にすることもなく、ペラペラと魔法史の書物をめくっていたリズさんは、あるページに目を留めるとにっこりと笑った。

この強引さは、誰かに似ているような……と思ったけれど、肝心の誰なのかが全然出てこない。

「あ。あったわ。あなたを見ていると、この挿絵を思い出すなって思っていたの」

「……？」

軽く会釈をして覗き込んだ先には、美しい男女が佇む挿絵があった。ページのタイトルには『精霊に近い存在』と書いてある。

「これは……遠く離れたリトゥス王国について書かれた内容ですね」

「あら、よく知っているのね。これはアカデミーでも習わない内容だわ」

「あの……好きなんです、魔法の話が」

「ふふっ。ますます気に入ったわ」

微笑みを浮かべるリズさんはとっても華やか。

気に入った、という言葉がうれしくて私はつい饒舌《じょうぜつ》になってしまう。

「リ……リトゥス王国はこのアルヴェール王国から遠く離れた地にある小国です。海を越え、山脈に囲まれた高地という地の利もありますが……これまでに一度も他国の支配を受けたことがない国だと。魔法を起こす精霊とも特別な関係があると言われています。この世界から魔法は消えたといわれていますが、それについてもリトゥス王国は沈黙を貫いており……、」

ハッと気がつく。しまった喋《しゃべ》りすぎてしまった……！

「申し訳ございません！」と頭を下げたけれど、リズさんは特に驚くこともなく優しい微笑みをくれた。

「そうよ。他国ともほとんど交流を持たないから、実情はヴェールに包まれているのよね。私も行ってみたいのだけれどねえ。入国の許可というより、夫がなかなか難しくて」

「ご……ご主人が？」

「そう。いろいろうるさくって。……じゃなかったわ。いま気になったのはあなたの外見なのよ。

この挿絵に描かれている金色の髪と碧色《あお》の瞳はリトゥス王国では王族の証でしょう。もちろん、このアルヴェール王国でも偶然同じ特徴を持って生まれる人間はいるけれどね」

私は認識阻害ポーションを飲んでいるけれど、髪や瞳の色など特徴的な部分はそのままだった。

もちろん、レイナルド様に対しては『フィオナ』と『フィーネ』が遠縁にあると言えば逃れられるものではあるのだけれど……今そのことを考えるのはやめておこうと思う。

「そ、そうですね。私の外見の色は少し珍しいですが……リトゥス王国に縁はないし、全くの偶然です」

「そうよね。ごめんなさいね、変なことを言ってしまって。ふふふ」

上品に微笑んだリズさんはゆっくりとした動作で立ち上がると続けた。

「さぁて。明日からしばらくここには来られないのよ、私。フィーネさんといったかしら」

「は、はい」

「今度、お茶にでもご招待するわ。もっと、いろいろなお話をしましょう」

「わ、私とでしょうか!?」

「ええ。あなたがいいの。とっても気に入ったわ」

またね、と柔らかく微笑んで魔法書のエリアを出ていくリズさんの後ろ姿を、私はぼうっと見送る。

私と同じように魔法や錬金術が大好きなリズさん。

とってもきれいで優しくて、素敵な人だけれど……なんだか掴《つか》みどころがない。

一体、何者なのかな。

次の日。

気持ちを入れ替え、薬草園での仕事が終わってすぐにアトリエに向かった私はレイナルド様に告げた。

「レイナルド様。私、開発してみたい魔法道具があるんです」

「どんな道具？」

「レイナルド様が開発された携帯式の浄化装置を応用したもので……冬に流行《はや》る風邪に効果を発揮する空気清浄機のようなものが作れないかな、って……」

「面白いね。となると、鍵になるのはやっぱり魔石か」

「は、はい」

私は頷《うなず》いて、棚から魔石のもとにする石を取り出す。

一年以内に商業ギルドに自分が生成した商品を登録するのが私の目標。

どんなものを作ろうか考えたときに、真っ先に思い浮かんだのが携帯式の浄化装置だった。

これは、レイナルド様がアカデミーでの出来事に心を痛めて作った魔法道具。

その魔石を加工したのが私だったというところも、その後ここで出会ってお友達になれたことまで含めて、どこか運命のようなものを感じてしまう。

だから上手《うま》く表現できないけれど、なんとなくこの携帯式の浄化装置とのつながりを持っていたい気がする。

こんなこと、恥ずかしくて絶対に言えないけれど。

「レイナルド様は動力を供給しつつ、より高い効果を得るために装置内で薬草を反応させられる機能もある魔石を作られていましたが……私が考えているものにはもっとシンプルな魔石を採用しようと思います」

「確かにそうだね。この魔法道具の趣旨を考えると、普及させるほうが重要だ」

「魔石自体は私が作るとして、あとは誰にでも加工ができるよう簡単な構造がいいのかなって。そうすれば大量に生産することができますよね」

レイナルド様が作った携帯式の浄化装置がそこまで普及しなかった理由。

それは、魔石に高度な機能を積みすぎていて一般的な錬金術師には生成や加工が難しかったということにある。

そのせいで、私のところまで裏ルートで話が回ってきてしまった。

確かに精度や効果を考えたらレイナルド様のように完璧な魔石を生成するのが正しいけれど、広く普及させたいときにはそれが枷《かせ》になることもある。

指先でつまんだ石をランプの光に照らし、どんな魔石にするか考えていると、レイナルド様が自信たっぷりに仰った。

「もし魔法道具ができて広く流通させることになったら、フィーネの名前で商品登録しよう。大丈夫、俺が保証人になる」

「えっと……話が早くないでしょうか!?　あの、私はまだ案をお話ししただけで、」

「大丈夫。フィーネが作るんだからきっといいものができるよ」

「……！」

レイナルド様のキラッキラの笑顔にプレッシャーを感じつつも、自分の名前で商品登録ができる、というところに私はうれしさを隠し切れない。

今回作る魔法道具は、レシピと素材さえあれば誰にでも比較的簡単に生成できるものにするつもりだった。

それなら、私が操る錬金術が少し特殊なものだと知られることもない。

一年以内の目標にしている商業ギルドへの登録も叶《かな》うし、それ以上に、自分の名前がついた魔法道具が広く普及して誰かの暮らしを助けることを思うだけでわくわくする。

「わ、私……頑張ります……！」

決意表明をすると、レイナルド様は優しく微笑み、気配を消して話を聞いていたクライド様はパチパチと拍手をしてくださった。

「ところで、ひとつ頼みごとをしたいんだけどいいかな」

「な、なんでしょうか……？」

話題を変えて、急に歯切れが悪くなったレイナルド様に私は首を傾げた。

「もし嫌だったりできなかったら断ってくれてもいいんだけど」

「い、いえ、私にできるならお断りなんて」

「本当に無理しなくていいし、難しいなら難しいと言ってくれればいい」

「大丈夫です、できる限りお手伝いを」

私たちの会話に、クライド様は噴き出しそうなのを堪《こら》えている様子だ。

「レイナルド、前置きが長すぎる、って」

「……うるさいな」

きまりが悪そうなレイナルド様に、少しの違和感。

どうしたのかな、と見つめる私に、レイナルド様は決心したように紙を差し出してきた。

「このポーションを作ってくれないかな」

「は、はい。もちろんです」

快諾しつつ、レシピを覗き込んだ私は青くなった。

——だって、これは。

それは、私が毎朝作って飲んでいる——認識阻害ポーション、のレシピだったのだ。

「ど、どうして……こんなものを……」

完全に挙動不審になってしまった私だったけれど、なぜかレイナルド様まで歯切れが悪い。

「このポーションはある人が遊びでよく使っているんだけど……いつも生成をお願いしている錬金術師が休暇中なんだよね。俺も前に作ってみたことがあるんだけど、効果がいまいちだったみたいで、俺のじゃ嫌だって」

「えっ？　レイナルド様が生成したポーションがご不満だなんて、私が生成するポーションでも自信がないです……というか、味のほうは大丈夫なのでしょうか!?」

レベルアップした喜びで最近忘れてはいるものの、私が作るポーションの味は『2』だ。

しかも調子が悪いと1に戻ったりするし、何よりレベルが上がっても味2は2に違いない。

ポーションの効果自体は10段階中の4ぐらいから中級ポーションとして認められるのだけれど、味に関しては大体が8か9が標準的なところだそう。

味についての評価なんて聞いたことがなかったし、そこまで客観的な数値でまずいと言われると消えたくなる。

ちなみに、私の名を伏せて流通する特効薬はよその国の言葉を使って『良薬は口に苦し』と言われているみたい。

悲しいけれど、評した人はセンスがあると思います……!

味を懸念する私に、レイナルド様はにっこりと微笑んだ。

「あ、そこは大丈夫。飲むのは、変わった味に魔法や錬金術の面白さとかロマンを感じるタイプの人だから」

「面白さとかロマン」

その方とは少し気が合いそうな気がします……!

とにかく、このアトリエを使わせてもらっている以上、レイナルド様に頼みごとをされたら断ることはしたくない。

「レイナルド様、そのご依頼、謹んでお受けいたします」

「本当に？　ありがとう。助かるよ」

私がぴしっと背筋を伸ばして答えると、レイナルド様は申し訳なさそうに頷いてくれたのだった。


それから、私たちは少し早い夕食にした。

今日、クライド様が持ってきてくださったのはお肉ゴロゴロのビーフシチュー。お鍋の蓋《ふた》を開けた時点で、お肉が柔らかく煮込んであるのがわかってお腹が鳴った。

とてもおいしそうなお肉とスパイスの香りで、このアトリエはあったかくておいしい匂いに包まれている。

「ところで、魔力を使った空気清浄機の試作品を作るにあたって、魔石の生成と加工はフィーネに任せるとして……外側はどうしようか」

「恐らく、レイナルド様が設計図を描けば一瞬でできてしまいますよね」

「ああ。でも、その前に魔石の性能を見ておきたいかな」

「わかりました。では食事を終えたらすぐに生成します……！」

そう言いながら、私は目の前のお皿に視線を落とす。

ビーフシチューとパン、リンゴのサラダ。研究も好きだけれど、レイナルド様やクライド様と一緒にこうして食事をする時間が楽しい。

でも今日は空気清浄機に使う魔石の生成のことで頭がいっぱいだった。

「そんなに急がなくてもいいよ、フィーネ」

「あの……私が急ぎたくって。誰かのためになると考えたら、わくわくするんです」

「そっか」

なぜか目を細めたレイナルド様に首を傾げた私は、スプーンで触れただけでほろほろとほどけていくお肉の塊を口に運んだ。あ、やっぱりおいしい……！

「このお肉、柔らかくてとろけます……！　家のビーフシチューもおいしかった気はするのですが、細かい味まで思い出せません……」

目を閉じて味わうと、ソースに溶け込んだワインの香りが鼻に抜けていく。大人の味だ。

どうして、私は食に興味を持たなかったのだろう。

スウィントン魔法伯家のシェフは料理上手だったと思う。前にジュリア様とドロシー様を家に招待したとき、二人は夕食をとてもおいしいと仰ってくださった。

「もう少し早く気がついていれば、私が作るポーションの味は今頃4ぐらいには……！」

私が悔しがると、レイナルド様がぷっと笑う気配がする。

「もしかして、フィーネはさっきお願いしたポーションのことを考えてる？　大丈夫だよ。飲むのは味とか気にしないタイプの人だから。仕事としてじゃなくて、友人にポーションを作るぐらいの感覚で考えてほしいな」

「ですが、レイナルド様……」

困惑した私に、斜め向かいからクライド様も声をかけてくれる。

「レイナルドが言う通りだよ？　俺も依頼人を知ってるけど、ほんとに面白い人だから。フィーネちゃんがちょっと変わった味のポーションを渡しても興味深く飲むと思うよ、あの方は」

「クライド。余計なことは言わなくていい」

「いいじゃん、このぐらい。どうぜフィーネちゃんは会ったことないんだし」

なんだか私にはわからない話題を話し始めたレイナルド様とクライド様は本当に仲がいい。

いいな、とお二人を眺めながら、私はあることを思い出した。

「そういえば、私にも最近お友達ができたんです……！」

「友達？　この王宮の中で？　よかったね。どんな人なの？」

「はい。図書館で仲良くなったのですが、お名前はリズさんといって、」

「ブッ」

「…………」

リズさんのことをお話しした途端、クライド様はビーフシチューを噴き出し、レイナルド様は笑顔のまま固まってしまった。

「だ、大丈夫でしょうか、お二人とも……？」

なにかおかしなことを言ったかなと困惑していると、怖いぐらいに完璧な笑顔でレイナルド様が聞いてくる。

「フィーネ。その人にどこで出会ったんだっけ？」

「王宮図書館の魔法書のコーナーです」

「…………」

数秒の沈黙の後。

「合ってんね」

「……間違いないな」

二人のこそこそ話がはじまった、と思ったらレイナルド様は変わらずに完璧な笑顔で仰った。

「フィーネ。さっきのポーションの依頼はなかったことにしてくれるか」

「？　え、あの、私、引き受けましたしきちんと作ります……！」

「いい。フィーネの身の安全のほうが大事だ」

「み、身の安全……ですか!?」

「ああ。その友人ともあまり関わらないほうがいい」

「！」

急に話の向きが変わったことに私は目を瞬いて、困惑を隠せない。

「あの。でもそのお友達にはもうお茶に誘われてしまって」

「！」

その瞬間、顔を引き攣《つ》らせるレイナルド様の向こうで、涙を流して笑い転げるクライド様の姿が見えた。

「やばい、まじ面白いんだけど。いや、あの方はフィーネちゃんのこと絶対好きだろうなって思ったよ？　でも知らないとこで仲良くなるとかほんと面白すぎ」

「クライド、それ以上笑うな。……フィーネはこの会話のことは忘れて？　食事を終えたら、一緒に魔力空気清浄機の研究をしようか」

「……は、はい……？」

今日の夕食もいつも通りおいしくて楽しかったけれど、この話題はよくわからない。

様子がおかしいお二人のことが気になったものの、早く研究に移りたかった私はレイナルド様の言葉に頷いたのだった。


今日は朝から雨が降っていた。

雪に変わってもおかしくないぐらいの、寒い朝である。

外の様子を見て薬草園の仕事が屋内になるだろうと予想したレイナルドは、共用の執務室には行かず自分の個室で執務をこなすことにした。

隣でつまらなそうに書類を眺めていた側近のクライドが、思い出したようににやついた顔を上げる。ちなみにこれは間違いなくわざとだった。

「レイナルド。今日はフィーネちゃん見られないね」

「……ああ」

「残念だね？　俺、フィーネちゃんが帽子を落としたり魔法道具を落としたり、ミア嬢に話しかけられてアワアワしてるのを見るのが好きなんだけどな？」

「……工房勤務の日だってそうだろう。別に、窓からフィーネが見えないのは珍しいことじゃない」

そっけないレイナルドにクライドはぷぷっと笑う。

「あ、そっか。たまには集中できる日があってもいいもんね？　こーんなに書類溜《た》まってるし」

「……クライド。お前な」

ひたすらからかい続けるクライドにレイナルドが片眉を上げて不快感を示したところで、執務室の扉が開いた。

「ふふふ。二人とも楽しそうね」

入ってきたのは、流れるような黒髪を美しく結い上げ、南の海のように透き通った青い瞳が印象的な美女である。

すかさずクライドが立ち上がり、恭しく挨拶をした。

「王妃陛下、今日もブルーダイヤモンドのように輝いていらっしゃいますね」

「いやね。そんなにわかりやすい挨拶をするのはあなたぐらいだわ、クライド卿。女性に対してお世辞を言えるぐらいすっかり大人になってしまって」

「王妃陛下の前ではどんな褒め言葉も無意味になってしまうのが悲しいです」

「ふふふっ。聞いた？　レイナルド？」

側近と身内の白々しい挨拶を横目に、レイナルドはため息をつく。

昨日、フィーネから聞いた話は完全に青天《せいてん》の霹靂《へきれき》だった。

そのことも手伝って、声色も無意識のうちに固くなってしまう。

「……王妃陛下。今日はきちんとした姿をされているのですね」

「ふふふ。やっぱりこの格好じゃ母上とは呼んでくれないのね」

「当然です。いつまでも子ども扱いは……」

いい加減に一人前として扱ってほしい、とレイナルドが口にしようとしたところで、王妃陛下は小首を傾げて少女のように笑った。

「ふふっ。だって、認識阻害ポーションが切れちゃってるんだもの。仕方がないから、普通にお仕事をしようかなって」

「なるほど。それは、国王陛下はさぞやお喜びでしょう」

「やあねえ。いくらなんでも国王陛下のお仕事を取ったりはしていないわよ？」

おっとりと微笑む母親に、レイナルドはよく似た笑みを浮かべながら頬を引き攣らせる。

（この人は本当に……）

二十年ほど前、アルヴェール王国の筆頭公爵家から王家に嫁いできたレイナルドの母親、アデール・エリザベス・ファルネーゼ。

当時から優秀さで名を知られた彼女は、それと同時に変わり者としても有名だった。

絶世の美女である彼女には国内外から多くの求婚があったらしい。

けれど、その心を射止めたのは当時この国の王太子だったレイナルドの父親――現国王陛下、である。

絶世の美女であっても国家権力には逆らえないのか、と民衆は同情したようだが、実際のところはアデールが王太子の少し抜けているところに惚《ほ》れ込んだのだ——ということをレイナルドは耳にタコができるほど聞いている。

つまり、国王陛下夫妻はとんでもなく仲が良く、国王は王妃の尻に敷かれているということだった。

「ハイ、これ。この案件はレイナルドが抱えている別の件と深い関わりがあるわ。一緒に進めたらいいお勉強になるわよ」

「……」

(いいお勉強……)

執務机の上に置かれた書類を前にレイナルドはさらに顔を引き攣らせた。

子ども扱いはやめてほしいと言おうとしたのにこれである。

背後に控えていたクライドが笑いを堪えている気配もして、居心地が悪いことこの上ない。

拗《す》ねる一歩手前のレイナルドに、王妃陛下はたおやかに微笑んだ。

「そういえばね。私、いいお友達ができたのよ。今度あなたにも紹介するわね。きっと気が合うわ」

「！　……その方の名前を伺っても？」

「あら。興味があるのね？　どんな子かお話ししてもいないのに」

「……王妃陛下の言動に意味のないことなどありませんから」

「まぁ。お母様のことを尊敬してくれていてうれしいわ」

ニコリ、と笑みを深めると、王妃陛下はドレスの裾をひらひらとなびかせて部屋を出ていってしまった。

(煙《けむ》に巻かれた……)

残されたレイナルドは敗北感を味わいつつ書類を手に取った。

それを背後からクライドが覗き込む。

「おー、こわっ。レイナルドは絶対母親似だよな。外見もだけど、中身までそっくりだ」

「俺が王妃陛下に？　嘘《うそ》だろう」

「いや、似てるって。絶対に敵に回したくないところがそっくり」

「……」

その言葉には極めて個人的な主観が入っているのではないかと思ったが、能力を評価する言葉でもある。

それほどに、王妃陛下は一目置かれているのだ。

「王妃陛下が言ってたお友達、って絶対フィーネちゃんのことだよね？」

「まぁ、だろうな」

「どーすんの？」

「フィーネにはあまり関わらないように言っておいたし、何よりもしばらくは認識阻害ポーションがない。このまま見守るか」

「そーだね。それにしても、王妃陛下が気に入った子をレイナルドに紹介したいなんて今までに聞いたことがないけど？」

茶化してくるクライドを睨《にら》みつつ、レイナルドもその重みを受け止めていた。
(静かに研究をして生きていきたい彼女にとって、負担にならなければいいが……)

世界で唯一の魔法使いは、
宮廷錬金術師として
幸せになります ※本当の力は秘密です!

episode.3

第三章

魔力空気清浄機の開発

「わぁ！　雪……！」

窓の外を降りるふわふわとした白いものに、私は目を輝かせた。

「フィーネは雪が好きなんだ？」

「あの……冬の匂いが好きで。雪が降ると、さらに濃くなる感じがして」

「それ、わかるな」

私とレイナルド様は二人で窓辺に立ち外を眺める。

休日の朝、暖炉の火でぽかぽかに暖まったアトリエ。

私と視線を合わせて微笑《ほほえ》んだレイナルド様は、そのまま奥のキッチンへと向かう。

「あっ……私が！」

「いいよ。フィーネは魔石の続きをしていて？　それに、今日はコーヒーやホットワインじゃないものにしようと思うんだ」

今日こそはお手伝いを！　と思ったのにまた断られてしまった。

けれど、コーヒーでもホットワインでもないものって何なのかな。

気になった私はキッチンを覗《のぞ》き込んでみる。

「あ、これ！」

「ホットミルク、好きだよね？　冬の匂いが消えないように今朝はこっちにしようかなって」

「ありがとうございます……」

何気ないことなのかもしれないけれど、私が好きなものをひとつひとつ大切にしてくださる姿は、神様のように優しく思えてしまう。

レイナルド様は小さなお鍋でふつふつと温まったミルクをカップに注ぐと、はちみつをのせてから渡してくださった。

「熱いから気をつけてね」

「ありがとうございます。わぁ、優しい香り……！」

こんなことができる王太子殿下なんて、謎でしかない。

カップから伝わる熱と、ミルクとはちみつのほんのり甘い香りは寒いはずの朝をぽかぽかにしてくれる。

キッチンを背にして、レイナルド様と二人、また窓の外を見る。

少しだけ曇った窓の先に見える庭の景色は、雪化粧をし始めていた。

のんびりあったかい空気になじんだレイナルド様が聞いてくる。

「フィーネはここでの毎日をどう思う？」

「!?　ええと……あの、とても楽しくて幸せです。大好きなものに囲まれて大好きな研究ができますしわからないことがあればいつだって調べられるしレイナルド様が相談にのってくださいます。薬草園の仕事も充実していて、ネイトさんも親切ですし本当にありがたく――」

「フィーネは好きなことの話になると急に饒舌《じょうぜつ》になるね」

「！　も、申し訳……」

くつくつと笑い始めたレイナルド様を見て、私はまた喋《しゃべ》りすぎていたことに気がつく。

けれどそんな私のことを気にする風もなく、レイナルド様は穏やかで柔らかい視線をくださった。

「かわいい、って言ったら失礼かな。大人の女性に」

「!?　わ、私でしょうか……!?」

びっくりして固まってしまった私に、レイナルド様は優しく微笑んで続ける。

「まぁ、かわいいは失礼かもしれないからやめておくけど。でもフィーネが好きなことを楽しそうに話しているのを見ると、ここに誘ってよかったって思うよ」

「レイナルド様……私こそ、ありがとうございます」

「ついでに言うけど、何か不安なことがあったらいつでも言うんだよ？　フィーネがここで笑っていてくれるのが、俺の最近の生きがい。フィーネがそうやって楽しそうに好きなことを話してくれる毎日を守りたいんだ」

「は、はい」

生きがいで守りたい、なんてあまりに大それた言葉ではないだろうか。

聞き間違いではと思ったけれどそれを口に出すことすらできなくて、目をゆっくりと瞬《しばたた》いた私はただホットミルクを口に運んだ。

私の動揺は気にもかけず、レイナルド様は続ける。

「あ、フィーネ。きちんと美しい礼は封印している？」

「ふ、封印でしょうか……？」

「そう。面倒ごとから逃れたかったら封印して」

「ふふふっ。承知いたしました」

まるで必殺技のような呼び方をするレイナルド様に、固くなっていた私も思わず笑みがこぼれる。

最近仲良くなった友人――リズさん、の前では淑女の礼が必要な気持ちになってしまうけれど、
なんとなくそれは言わないでおいた。

「ホットミルクを飲み終わったら、魔石の生成の続きをしようか？」

「はい。素材もきちんと準備してあります……！」

先日、私たちは魔力空気清浄機に適した魔石を生成しようとした。

けれど、素材が足りなくてまた日を改めることになってしまったのだ。

「基礎になる石はいつも通りでいいけど、動力としてシンプルな風の魔力を湛《たた》えた魔石にするために、素材を最上級のものにしたいってことだったよね」

「はい。大量に流通させるため生成を外部発注することを考えても、魔石は加工しやすいシンプルなものにするべきです。少ない労力で最大の効果を発揮するには素材の質を上げるのが一番の近道かと」

私の言葉に、レイナルド様は真剣に考え込んでいる。

「それだと……生成のレシピを外部に漏らすことになるね。フィーネはそれでもいいの？」

「私が考えたものをたくさんの人が使っているところを考えるだけで楽しいです」

「……そっか」

一般的に、錬金術で作った道具やポーションを流通させる場合、商品自体を作って販売するのと、

そのレシピ自体を販売する、の二パターンが考えられる。

　それぞれで一長一短はあるものの、魔力空気清浄機という道具の性質から見て、後者のほうが人のためになると思う。

「ネイトさんに相談したら、風の魔力を帯びた魔石を生成するのに必要な薬草は温室のものを好きに使っていいということでした。もちろん、季節的に不足する可能性があるものはだめですが」

　そう言いながら私は布袋から薬草を順番に取り出してテーブルの上に置いていく。

　葉っぱが丸いものと、とんがったものと、茎だけの棒のような薬草の三種類。

　一方、レイナルド様も紙袋から何やら小瓶を取り出し、私の前にコトンコトンと並べていく。

　小瓶には紫色のリボンが巻かれていて、嫌な予感しかしない。

　ひとつ、ふたつ、みっつ、よっつ、いつつ……おそろしいことに、まだまだ出てくる。

　まさかこれは……！

「フィーネが魔石を生成するのを見るのは久しぶりだね。楽しみだな」

「あの……？　レ、レイナルド様、これは……？」

「魔力を回復するポーションだよ」

　予想通りの返答に私は顔を引き攣《つ》らせた。こんなに高級なポーションはいらないのに！

「不要だとお話ししたはずです……あの、どうしてこんなに……！」

「うん。フィーネが笑っているのを見るのが生きがいだからね、最近の俺は」

「……レ、レイナルド様……」

作業机の上には、色や瓶の形から見て私の薬草園メイドとしての年収よりも高いと思われるポーションたちが並んでいる。

ざっとその総額を計算した私は、卒倒しそうになったのだった。


レイナルド様をなんとか言いくるめて小瓶の山を回収してもらうことに成功した私は、早速魔石の生成を始めることにした。

フラスコにリーゼル、ユキソウ、フェンネルの葉を入れ魔力を注ぐ。

「本当にシンプルな生成だね」

「はい。流通を考えたとき……魔石の生成は私がするとしても、加工からは外部にお願いしたいので。複雑化しそうな素材は使いません」

「その通りだ。質を保ちつつ量産するためにはそれがいい」

レイナルド様に褒められてほっとした。

ずっと引きこもって研究ばかりしてきた私はそういったことに疎いのだ。

安心した私は視線を手元に戻す。

魔力は気配こそわかるけれど、目には見えない。

だから、魔法が消えたと言われているこの世界では錬金術を使って生成をしている時が『魔力を見られる』唯一の時間。

もちろん、魔力自体が見えるのではなくて、手元できらきらと形作られるポーションや魔石や魔法道具が幻想的だという意味なのだけれど。

いま、私の手元のフラスコの中は雲母のように細かい光の粒で埋め尽くされていた。

目を刺すような激しい光ではなくて、柔らかく鈍い穏やかな輝き。

その真ん中にある石が、透き通ったかと思うとみるみるうちにどんどん色を濃くしていく。

「すごい。キレイな翡翠《ひすい》だ。さすが」

レイナルド様の感嘆の声を聞きながら、さらに魔力を込める。

当然のことながら魔力は全然なくならないし、心配性のレイナルド様が大量に準備してくださった高級なポーションの出番は全くなさそう。

光が消えると、フラスコの中にはごく細かい輝きを帯びた翡翠色の石が転がっていた。

私はそれを取り出すと、レイナルド様にお渡しする。

「鑑定を……お願いいたします」

「ああ」

レイナルド様はできたばかりの魔石を指でつまみ、見つめている。

成功しているのは感覚でわかるけれど、質はどうなのかが気になるところで。

「うん。これもまた純度が……100、か」

「！　これなら日に数十個単位での生成が可能です。それをベースに、量産できるよう——」

はたと気がつく。レイナルド様は、私と魔石をまじまじと見比べていた。

な、な、ななな何でしょうか……？

「……不思議すぎる。フィーネが作る魔石はどうしてこんなに完璧になるんだろう」

「……！」

魔石の生成に成功したことに安堵《あんど》していた私は、予想外の展開にひゅっと息を呑《の》む。

「あ、あの……魔力量が人より多いからでは……？」

「フィーネは『ちょっと珍しいこと』ぐらいに考えてるかもしれない。でも、宮廷錬金術師を名乗る人々も魔力量が相当多いだろう？　だが彼らでも純度100はない。よくて90％台ってとこだよ。数値にしたら大した差に思えないかもしれないけど、誤作動の可能性や加工のしやすさを考えてもこれは異常と言っていいほどの質だ」

「れ、錬金術の基礎知識では、その人が生まれ持った資質が大きく関係するのが常識ですし……」

スウィントン魔法伯家の遠縁だから、というのも納得してもらうにはいい理由に思えるものの、それではレイナルド様が『フィオナ』のことを思い出してしまいそうでやめておく。

魔石は石と素材を魔力で反応させてできるもの。

風の魔石は植物を素材として使い、水の魔石は海や湖の水を素材とし、火の魔石は燃え盛る炎や火山の熱を素材とし、土の魔石は岩や宝石・土を素材とする。

初めは教科書に載っているレシピを使ってお手本通りに魔石を生成するのが普通だ。

経験を積んだらいろいろな組み合わせを試して、自分の思い通りの効果を持つ魔石を作ることができるようになる。

もちろん、そこまで辿《たど》り着けるのは一握りの錬金術師だけ。何よりも勉強が必要なので、錬金術が相当に好きでないと自分のレシピを持つことは難しい。

けれど、レイナルド様は私が自分で魔石のレシピを考えることに初めから驚いたりはしなかった。

私と同じ方向を向いている人なんだな、と思うとうれしくなってしまう。

……もっとも、今は口下手な私にとってピンチでしかないのだけれど。

話を戻そうと思う。

そうやって出来上がった魔石に動力を溜《た》めたりさらに別の効果を付与したりするのが「加工」だ。

生成も加工も、錬金術師の知識や技量が試される。

教科書のレシピ通りのものなら比較的簡単にできるけれど、使い方や道具の質に合わせて最適なものを作るとなると途端に難易度は上がる。

私とレイナルド様がしようとしているのは、まさにそういうことだった。

「フィーネが作る魔石が純度100になるのも、難しい加工ができるのも、生まれ持った性質のおかげ、ってことかな。やっぱり」

「ま……まぁ……あの、そういうものなのでしょうか」

逡巡《しゅんじゅん》するうちに、レイナルド様はそれっぽい結論に辿り着いてくださったようでほっとした。

ちなみに、この疑問については十年ほど前、お兄様と一緒に仮説を立てたことがある。

『魔法を発動させる精霊がわずかに私の魔力に反応するから、石や素材などの反応がよくなる』

というそのままの答えだったけれど。

「……」

レイナルド様は私の問いに対し、何も言わずに頷《うなず》いた後、奥の棚から砂の入った袋を持ってきた。

魔法道具を作る際に設計図と一緒に使う、云わば『魔法の砂』だ。

「とにかく、今日はこれを試作品として仕上げられるように頑張ろうか」

「……はい」

ここからは、レイナルド様の得意分野。

レイナルド様は事前に描いておいた設計図に砂を振りかけ、魔力を込めていく。

すると、砂がざぁっと舞い上がった。

設計図に描かれた図と文字も浮かび上がり、ぐるぐると回って光る。

そうして砂はキラキラとした光を帯びながら、設計図に描かれた通りの形を作っていく。

いつ見ても幻想的できれい……！

そうして、作業机の上にコトンと音を立てて鎮座したのは、辞書のような大きさの箱だった。

予想外のデザインに、私はゆっくりと瞬いた。

「レイナルド様……これ、随分と小さい気がするのですが……！」

「うん。フィーネの作る魔石なら、入れ物が小さくても十分に効果を発揮するかなと思って。これぐらいの大きさなら、一つしかなくてもいろいろな部屋に持っていけるしね」

「な、なるほど……！」

上部に作られたスライド式の蓋《ふた》を開けて、布張りのポケットにさっき生成したばかりの魔石を入れてみる。

確かに、外側が小さいぶん動力が節約できそうだった。

「加工で魔石にどんな効果を追加しようかしら……。薬草を反応させる働きがなくなった代わりに外側にフィルターがついているけれど、それだけではきっと効果が不十分。でも、加工で追加するものが多すぎると量産するのが難しくなるし、やっぱり定期的に魔石を入れ替えるのがいいのかしら」

「……フィーネ」

「……!?」

真剣に考えていた私は息を呑む。

一体どういうことなのか、目の前にレイナルド様のお顔があったのだ。

透き通った空色の瞳と、青みを帯びた黒髪にどきりとする。

な、何でしょうか……！

驚きで言葉が出ない私に、レイナルド様は楽しそうに告げてくる。

「ごめんね。あまりにも錬金術に夢中なようだったから、かわいくて」

「か、かわいくて？」

さっきから揶揄《からか》うのはやめてください……！　と思ったものの、意外なことにレイナルド様の表情は楽しそうだけれど、ふざけているようには見えなかった。

私が首を傾《かし》げる間もなく、レイナルド様はいつもの距離感に戻った。

「フィーネは何か食べたいもの、ある？」

「えっと、あの……？」

ころころと変わる話題に頭がついていかない。

王宮の厨房《ちゅうぼう》から持ってきてくださる朝食か夕食のメニューの相談……？　と思っていると。

「試作品の効果が確認できたら、今度、商業ギルドに行って商品登録しよう。この前みたいに、一緒に出掛けない？」

「！」

「クライドも来ると思うけど、アイツのことは気にしなくていいから」

「え……え、えっと、あの……!?」

確かに、商業ギルドでの商品登録は私の目標。こんなに早く夢が叶《かな》いそうなことにわくわくしてしまう。

でも、レイナルド様の口調はデートのお誘いさながらで、私は目を瞬いた。

もちろん、そんなのは物語の世界でしか知らないけれど。


次の休日。

いつもより早起きをした私は、寮の自室で認識阻害ポーションを大量に生成していた。

自分の分と、レイナルド様にお願いされた分……一応、小瓶で五本分作ってみた。

「レイナルド様は作らなくていいと仰《おっしゃ》っていたけれど……やはり必要としている人がいるのだし、

あったほうがいいはず……」

魔力を注ぎ終えたフラスコの中身が冷めるまでの間に、外出用のワンピースに着替える。

念のため、私のクローゼットには『フィオナ』の服は入れていない。デザインも『フィオナ』が着そうな淡い色や小花柄生地のかわいらしいものは極力避けてある。

今日は、紺の生地に同系色のレースの襟がついたワンピースを選んだ。

色は目立たないものだけれど、ふんわりと膨らんだ袖や腰の下に向かって柔らかく広がるスカートのデザインがとてもかわいい。

これは『フィーネ』のお気に入り。

「レイナルド様とのお出かけは夕方からだから……その前にアトリエに寄って試作品の効果を再確認したいわ。そのついでにこのポーションも置いてこよう……！」

私は紙袋にポーションを詰めた小瓶を入れ、冬用のコートを羽織って寮の部屋を出る。

そうして、薬草園に向かう回廊を歩いていたときだった。

庭に面したテラスに置かれた白いベンチに誰かが座っている。

柱の陰に隠れて見えないけれど、日の光でわずかに青く輝く黒髪が目に留まった。

……あれ。もしかして、レイナルド様では……？

ぴたり、と足を止めた私に、レイナルド様も気がついたようだった。

私と目を合わせてから、一瞬躊躇ったようにして軽く微笑んでくださるのが見える。

そうだ。約束は夕方からだけれど、今のうちにこのポーションをお渡ししよう……！

そう思った私は、ポーションの入った紙袋を軽く掲げた。

「レ……レイナルド様、ご依頼のポーション、お持ちしました……！」

その瞬間、レイナルド様が座っているベンチのちょうど向かいの位置——柱に隠れていて見えなかった場所から、艶《つや》やかな黒髪の女性が現れて私に向き直る。

「あら、レイナルドのお友達？ ……ってあら、あなた」

「……!?」

それが誰なのかを瞬時に把握した私は固まってしまった。

挨拶をしなければ、と思うのに動けない。

だって、何の心の準備もなしにこんなお方にお会いするなんて、元引きこもりの私にはハードルが高すぎる。

数秒固まった後、私はなんとか淑女の礼をすることができた。

「は、初めてお目にかかります」

「初めて？ ……あら、そうよね！ そう、初めましてだったわ。お名前を伺ってもいいかしら」

「……フィーネ・アナ・コートネイと申します、王妃陛下」

「あらあら」

私の挨拶に優しく目を細めてくださったのは、レイナルド様と同じ空色の瞳に艶やかな黒髪をきれいにまとめた女性。

——王妃陛下、だった。

どうしよう。私は、なんて状況のところに声をおかけしてしまったのだろう。

心なしか、王妃陛下の背後にいらっしゃるレイナルド様のお顔も引き攣って見えるような……！

そっか。もしかして、さっきの微笑みは『話しかけないでね』の微笑みだったのかもしれない。

自分の軽率すぎる振る舞いを悔いても、もう遅かった。

「ご依頼のポーション、ってその紙袋の中身のことかしら？」

「は……はい。あの、これはレイナルド殿下からの依頼で」

「まあ。錬金術師見習いなのかと思ったけど、違ったのね」

「？　あの、私は薬草園勤めのメイドで……」

王妃陛下は「ポーションをお持ちした」と言った私のことを工房勤めの宮廷錬金術師だと勘違いしていらっしゃるらしい。

どう説明したらいいのだろう、と目を瞬くと、レイナルド様が私の後ろに回ってくださった。

「私が錬金術用の素材を薬草園から採取するときに、彼女に依頼しているんです。彼女は薬草園で非常に優秀なメイドですから、工房の手伝いをすることもあるでしょう」

「まあ。それで、錬金術師見習いに昇格したのね。そして、特別なポーションも生成できると。素敵だわ」

「……彼女の能力が認められて、特別な配置転換があったとは聞いていますが」

にこやかな王妃陛下とは対照的に、レイナルド様の言葉は何だか刺々《とげとげ》しくて硬い。

普段、私に優しく接してくださるレイナルド様とは全く違う……気がする。

けれどこうなってしまったのは、間違いなく私がうっかり話しかけたせい。

どうしよう、と困惑していると、王妃陛下の透き通った空色の瞳が私だけを映した。

「フィーネ嬢、といったわね。その紙袋の中身を見せてもらってもいいかしら？」

「はっ……はい」

王妃陛下に言われたら断ることはできなかった。

けれど、両手で紙袋を差し出した瞬間にレイナルド様がそれを奪い取ろうとする。

「貸して」

「!?」

えっ……どちらにお渡しするべき!?　と一瞬迷ったけれど、レイナルド様の手が届くより先に王妃陛下が紙袋をひょいと持ち上げ、無邪気に微笑んだ。

「ふふふっ。私に先に見せてね？」

「……王妃陛下」

不機嫌そうなレイナルド様にはお構いなしに、王妃陛下は紙袋の中から私が生成した認識阻害ポーションを一瓶取り出し、太陽の光に透かした。

「あらぁ。とってもきれいな色」

王妃陛下はそのまま続ける。

「ふふふ。認識阻害ポーションね。素晴らしいわ。レベルは8で長時間持続の特殊効果あり、味2」

「味2」

思わず復唱してしまった私と目を合わせると、王妃陛下はニコリと笑った。

「これは、とびっきり上質な認識阻害ポーションね。しかも、宮廷錬金術師が作るものよりも質がいいわ。一体これはどういうことなのかしら？」

「あの」

目の前で行われたことが信じられないし、質問にも答えられない私はただ目をぱちぱちするしかできない。

だって。王妃陛下も『鑑定』スキルの持ち主ってこと……？

鑑定スキルを持つ人はこの世界でごくわずか。

だから、レイナルド様は王太子殿下でいらっしゃるのに、新しく入ってきたポーションを鑑定するためにわざわざ工房に顔を出したりする。

まさか親子でこんなにめずらしい能力をお持ちだなんて……！

状況が呑み込めない私を置いてきぼりにして、レイナルド様と王妃陛下の会話は進む。

「王妃陛下。この先は私が改めて説明します。今日のところは、ここまでに」

「ふふふっ。嫌ねえ。まるで、私があなたたちを虐《いじ》めているみたいじゃないの」

「いえ、そういうわけでは……しかし」

「私はね、ただ錬金術が好きなだけなのよ？　こんな風に、未知なる驚きに出会えた時が一番幸せだもの。こんなに素晴らしいポーションをどうやって生成するのかが知りたいわ」

すっかりたじたじとなっているレイナルド様を置いて、王妃陛下は私に向き直った。

「フィーネ・アナ・コートネイ、と仰ったわね。もしかして、コートネイ子爵家のご令嬢かしら？」

「！　いっ、いえ、あの」

王妃陛下はすごいお方だ、と感動していた私は突然のピンチに我に返る。

確かにスウィントン魔法伯家が没落し、私がコートネイ子爵家の後ろ盾をもって薬草園で仕事をしていることは本当のことだ。

だから、お話ししても問題ない。

けれど『フィーネ』という名は嘘《うそ》なのだ。どうしよう、何と答えたらいいの……！

一瞬で真っ青になってしまった私の目の前に、するりとレイナルド様が進み出た。

背中で遮られて、王妃陛下のお姿が見えなくなる。

「王妃陛下。私の友人に対しての質問はこれ以上ご勘弁願えますか。さすがに私も承服しかねます」

さっきまでの戸惑いとは違う、厳しく鋭い声。

それとは対照的におっとりとした王妃陛下の声が続いた。

「あらまあ」

「今日はここで失礼します。行こう、フィーネ嬢」

そう仰ると、レイナルド様は当然のように私に向かって肘を差し出す。戸惑ったものの、私も礼をして彼の肘に手をのせた。

「王妃陛下、し、失礼いたします」

「……ふふふっ。残念だわ、フィーネ嬢。また会いましょう」

レイナルド様は随分警戒しているけれど、王妃陛下とは初めて会った気がしない。

とにかく、穏やかな王妃陛下の声に見送られて、私はレイナルド様のエスコートで回廊を後にしたのだった。

アトリエに到着した私は、レイナルド様に向かって頭を下げた。

「レイナルド様。も……申し訳……ありません。私が、迂闊《うかつ》に声をかけたばかりに」

「ううん。フィーネはそんなこと気にしなくていいんだよ」

「でも、あの」

きっと、レイナルド様はあのポーションの生成者が誰なのかを伏せておきたかったのだと思う。

それなのに、私はその真逆を行ったばかりか、ドキドキしてきちんと会話ができなかったことへのフォローまでさせてしまった。

レイナルド様は王太子殿下でいらっしゃる。

人目につく場所で私から話しかけてはいけないことぐらい、いつもはわかっているのに。

凹《へこ》んでいる私に視線を合わせて、レイナルド様は優しく微笑んだ。

「それよりも……今日のドレス、すごく似合ってるね」

「!?　ドッ……ド、ドレスのお話でしょうか……？」

「うん。クライドにすら見せるのがもったいないぐらいだよ」

「……あの、あの……!?」

「いつもの薬草園の制服や見習い錬金術師の制服もいいけど、とてもきれいだ」

私の失態の話をしていたはずなのに、どうしてこんな話題になったのかな。

それに、まず『フィオナ』でさえこんな褒め言葉を受けたことはない。

ううん、もしかしたらあったかもしれないけれど、それはエスコートをする上での常識的で上品な挨拶がわりの言葉で。

こんな風に真《ま》っ直《す》ぐに子どもみたいな言葉で褒められると、頬《ほお》が熱を持っていく。

お世辞だとわかっていても、うれしさで心が弾んでいるのを隠せなくなる。

そんな私にはおかまいなしにレイナルド様は続けた。

「約束は夕方からだったけど、もう今から出かけようか」

「えっ？　あの、クライド様も一緒に、って」

「適当にどこかで合流すればいいよ。それよりも、フィーネと二人で歩きたいんだけど」

「！」

あまりにも自然に言葉を紡ぐレイナルド様に、私がびっくりしていると。

「……っていうのは、自分勝手すぎるかな？」

気遣うように、でも悪戯《いたずら》っぽく聞いてくる姿を見ると、私はただぶんぶんと首を左右に振ることしかできなかった。

ということで、私とレイナルド様は約束の時間を待たずに街にやってきていた。

「わ、私……商業ギルドって初めて来ました……！」

初めて訪れる商業ギルドは、想像していたよりもずっと大きかった。

レンガ造りの三階建ての建物に、たくさんの人々が溢《あふ》れていて活気がある。

一階は手続きの内容ごとに分けられた窓口が複数あり、順番待ちの人々が楽しそうに話し込んでいた。

スウィントン魔法伯家のアトリエで私が作っていたポーションは、全部お兄様が裏ルートで流通させてくれていた。

だから、こういう場所に来るのは初めてで緊張してしまう。

きょろきょろしていると、背の高い赤毛の男性が話しかけてきた。

もちろんレイナルド様に、だった。

「レイ。こっちの個室を使うといい」

「ああ、助かる。……フィーネ、こちらへ」

「は、はいっ！」

ドキドキしながら後をついていくと、二階にある個室に案内された。

レイナルド様と男性は楽しげに話し込んでいる。

きっと親しい関係……なのだろうな。

レイナルド様はアトリエや錬金術工房だけではなく、商業ギルドやもっとほかの場所にも出入りしているのだろう。

それは、家に閉じこもっていた私にはもちろん、きっとアカデミーに通うような貴族令嬢たちにも未知の世界。

月並みな言葉だけれど、自分の地位のほかにいろいろなことを両立させているレイナルド様って、本当にすごいと思う。

赤毛の男性は、個室の扉のプレートを『使用中』に変えてから内鍵をかける。

それから、私に「ギルド員のジャンだ」と人懐っこい笑顔で挨拶し、レイナルド様に向き直った。

「魔力空気清浄機の登録、か。レイ、また面白いものを考えたな」

「今回、考えて開発したのはこちらのフィーネ嬢だ。登録は彼女の名前で頼む。後見には俺が」

「書類にはそう書いてあるが……これ、本当に素材とレシピを預けて生産するのか？　レイナルドの名前があればすぐに流通させることはできそうだが……正直、もったいないんじゃないか」

「この魔法道具に関しては、利益や研究コストのことは考えずにいきたい。それに勝算もある」

二人の会話に私は身を縮こまらせる。

ジャンさんが言うことはもっともだった。

需要があると確定したわけではないのに、商業ギルド経由でレシピを流通させてしまうのは良くないことだ。

価値が確定していないので利益にならないだけでなく、研究の成果を人に安値で売り渡してしまう結果になりうるから。

そしてそれは錬金術師の価値を下げることにも繫《つな》がる。

……でも。

私は勇気を出して口を開く。

「あ……あの。ジャンさん。この魔法道具は、人々の生活に根づいてこそ本当の効果を発揮すると思うんです」

「確かに、流通したら便利で多くの人が助かる魔法道具だ。しかし……君はまだ研究を始めたばかりなんだろう？　もう少し考えた方がいい」

「……ジャン」

間に入ろうとしたレイナルド様を遮って、ジャンさんは続ける。

「サンプルとして添付した魔石の質は、鑑定スキル持ちのレイの折り紙付きだ。研究の成果としては素晴らしいが、いつでもこんなにいい商品ができるわけじゃない。この偶然できた傑作のレシピを安易に売り渡したら絶対に後悔すると思うぞ。それに、周囲に及ぼす影響も考えるべきだ」

暗に、他の錬金術師のためにも安易に技術を安売りしないでほしい、と言っているジャンさんの気持ちはよくわかるし、その通りだと思う。

けれど、私にも譲れないものがある。

「あの、私は……これをたくさんの人に使っていただくことを念頭に置いて作りました。人々の命を守る知識や研究の結果は、たとえ無償でやりとりされたとしても錬金術師の価値の低下には繫がらない……いいえ、むしろ高めることになるのではないでしょうか」

「それは君の考えだよ。他の錬金術師に被害が及ぶことになるとは思わない？」

「た、確かに、素晴らしい技術には相応の対価が支払われるべきですし、私もそれを望みます。ですが、人の命を救うものに関しては……譲りたくありません」

話しながら、お父様とお母様の顔が浮かんだ。

いつも私を優しく見守り愛してくれた優しい笑顔。

けれど、ある日突然二人は帰らなかった。

錬金術師としての権利や地位も大切だけれど、何よりも私のような思いをする人が減ってほしい。

私の反論に、ジャンさんは少し驚いた様子だった。

「……この魔力空気清浄機は君の唯一の傑作になるかもしれない。それでも、そんな風に思えるか？」

「はい。ど、どんなにいいものを作っても、誰かの役に立てないと意味がありませんから」

なんとか言い切ると、ジャンさんとレイナルド様の顔色が変わる。

ジャンさんは感心したように頷き、レイナルド様はいつものように優しく笑ってくれた。

「商業ギルド職員、ジャン・ハンフリー。ということで、この書類を受け取ってくれるね？」

「ああ。……これは参ったな」


商業ギルドでの商品登録はあっという間に終わってしまった。

それは、申請に係る書類をレイナルド様が全部準備してくださった上、後ろ盾にもなってくださったから。

夕食をとるために入ったレストランで、私は深々と頭を下げた。

「何から何まで……本当にありがとうございます」

「これくらいどうってことないよ。フィーネは目立ちたくないんだよね？　魔石の純度が飛び抜けて高いことは、鑑定スキルを使わないとわからない。だから流通が始まっても問題ないとは思うよ」

「！　ありがとうございます。……あの、次からは」

自分一人でここに来る、と続けようとした私に、レイナルド様はテーブル越しにずいと顔を近づける。

「一人で商業ギルドに行くとか、そういうのはダメだからね？　いくら俺の名前があっても、女の子一人じゃ舐《な》められることがあるかもしれない。書類の作成についてはいくらでも教えるけど、一人で来るのはダメ」

「！」

レイナルド様ほどの方になれば、わざわざ商業ギルドまで赴く必要はないのだろう。

必要があれば向こうに来てもらうのが当然の方なのだ。

それなのに私をここまで連れてきてくださった。

申し訳なさと、その優しさをうれしく思う気持ちに包まれる。

「フィーネは……礼もきれいだけど、考え方も貴族階級のそれだね」

「!?」

驚く私に、レイナルド様はさらりと続けた。

「一朝一夕には手にできないものだ。だから、俺個人としては本当に素晴らしいと思う。でも、騙《だま》されないか心配だ」

その言い方は心底穏やかで柔らかくて。

さっき、商業ギルドで自分の意見を押し切ってしまったことにドキドキしていた私の心は凪《な》いでいく。

「レイナルド様は……なんだか、過保護ですね」

「そう？　もしかしたら、弟妹がいるせいかな」

「と、とても納得しました。だからレイナルド様は、本当にお優しくて面倒見がよいのですね……！」

レイナルド様のごきょうだい……王子殿下と王女殿下のお顔を思い浮かべた私に、レイナルド様は拗《す》ねたように仰った。

「……でも、そこまで言われるほどのつもりはないんだけどな」

「いいえ。私、レイナルド様には本当に感謝しています。それに、何でも知っているし、難しそうなことでも簡単にこなしてしまうし、誰にでも優しいし……、本当にすごいと思います。私がこんな風に変われたのは……レイナルド様のおかげなんです」

「あはは。すごい褒め言葉だね」

「あの、本当のことです……！」

「フィーネがそんな風にたくさん話して褒めてくれると、ぐっとくるものがあるな」

「わ、私は真面目に……！」

けらけらと笑って取り合ってくれないレイナルド様だったけれど、急に真剣な顔をして私の耳元に唇を寄せる。

ほんの少し近づいただけなのに、心臓が跳ねた。

「一つだけ間違いがあるよ、フィーネ」

「……っ、あの、……？」

「誰にでも優しい、だけは違う」

「！」

思わず息を呑む。囁《ささや》き声に近いはずなのに、低く甘い響きが、いつまでも耳の中に残る。

たぶん今、私の顔は真っ赤に染まっていると思う。

確かに、レイナルド様は『フィオナ』にとんでもなくお優しかった。

アカデミーのトラブルを収め、原因となったエイベル様が私に近づくことがないよう立ち回ってくださった。

でも、レイナルド様は『フィオナ』以上に私に優しくしてくださっているように思えてしまう。

そう思ったら、周囲のざわめきが聞こえなくなって、息が詰まる。

「……フィーネさ、」

レイナルド様が何かを言いかけたところで、呆《あき》れたような声がした。

「……ねえ、何やってんの？」

それは、遅れて合流することになっていたクライド様だった。

話の続きが聞けなくて少し残念なような、ホッとしたような、不思議な気持ちに包まれる。

「……クライド。早かったな」

「うん？　お腹空《す》いてたし？　……つーか、レイナルドもフィーネちゃんも、こんな人目のあるところで、二人で顔を寄せ合って話してちゃダメじゃん？」

「も……申し訳」

そうだった！

つい、いつもと同じアトリエにいるような気持ちでお話ししていたけれど、普通にここは人目のあるレストランだった。

周囲の気配を探ってみると、微妙に私たちに注目している人がいる気がする。

それは当然のこと。レイナルド様のお顔はよく知られているのだから。

言葉に詰まってしまった私と面倒そうにため息をつくレイナルド様の間に、クライド様はずいと割って入り席につく。

そして、慣れた様子で自分の飲み物を注文した。

「フィーネちゃん。レイナルドは醜聞を避けたい王太子殿下だ。ついでに、名門のご令嬢から王宮の工房勤めの錬金術師まで幅広く人気なんだよ？　それに、フィーネちゃんのほうだって工房での評判が上がり始めてる。もっと気をつけないと」

「はっ……はい！　クライド様、ご、ご心配をおかけして申し訳ございません」

とにかく軽率な行動をとった自覚はある。

申し訳なくて頭を下げようとした私のおでこを、レイナルド様が優しく指で支えて止めた。下げるはずだった私の頭はピタッと止まる。

「……!?」

手はすぐに離れたので、私はその部分を自分の指で押さえた。

けれど、ふわりと残るレイナルド様の香水の香り。

目を瞬く私の前で、レイナルド様とクライド様の会話が流れていく。

「フィーネは何も悪くないだろう。ただ、俺がフィーネと二人で出かけたかっただけで」

「えー？　俺だってフィーネちゃんとレイナルドと出かけたかったし？　仲間外れ、これ？」

「もういい、クライドは黙れ」

そしてレイナルド様は私に向き直る。

「……確かに、今のは俺が悪かった。フィーネ、ごめんな」

「いっ……いいえ、そんな！　でも私、今日はとても楽しかったです……！」

「俺もだよ、フィーネ」

微笑み合う私たちに、クライド様がまたため息をつく。

「ねー？　そういうの。そういうのだかんね？」

「クライドもこう言ってるし、そろそろ時間も遅くなる。食事を適当に済ませたら帰ろうか」

「え？　俺、今来たばっかりなんだけど？」

レイナルド様とクライド様は本当に仲がいい。

二人だけのお出かけに少しだけ硬くなっていた私は、緊張が解けてホッとする。

そのうちに、テーブルの上にはたくさんの料理が運ばれてくる。

お肉と野菜の串焼きからは、私が大好きなハーブとスパイスの香りが漂う。

大きなキノコの中にチーズを詰めベーコンで巻いて炙《あぶ》った料理は、王宮の厨房でもよく作られている食べなれたメニューだった。

さっくりとナイフを入れ、一口大に切って口に運ぶ。すぐにキノコのジューシーな風味ととろりとしたチーズの香りが口の中いっぱいに広がった。

「！　おいしいです」

「本当だ。キノコの旨味《うまみ》がよく出てる」

「それにお肉も柔らかいし、キノコも噛《か》んだ瞬間にジューシーなスープが口いっぱいに広がります……！　何よりもブレンドされたハーブがいい香りで……これって何のハーブを使っているのでしょうか」

「ああ、効能3のセージとケッパーが使われてるね。フルーツソースで隠れてるからわかりにくいのかもしれない」

私とレイナルド様の会話に、クライド様が顔を引き攣らせる。

「うっわ。鑑定スキル持ち、最強すぎん？」

「黙れ。大人しく口だけ動かしてろ」

「はいはーい。……うっわ。本当にうまいわ」

私たちは料理を囲んでとても楽しい時間を過ごした。

――だから、このお出かけが、私の立場を変えていくことに繋がるなんて思いもしなかったのだ。

世界で唯一の魔法使いは、
宮廷錬金術師として
幸せになります
※本当の力は秘密です！

episode.4

第四章 周囲からの洗礼

商業ギルドで魔力空気清浄機の商品登録をしてから数日が経《た》った。

今日は錬金術工房での勤務の日。

いつも通りローナさんの姿を探したけれど、艶《つや》やかな栗毛《くりげ》は見えないしはきはきとした爽やかな声も聞こえない。

代わりにどなたかほかの方に指示をもらおうと思ったものの、話しかけられそうな人がいない。

似た業務をしている同世代の錬金術師さんたちにもなぜか目を逸《そ》らされて、鼓動が速くなってしまう。

……ど、どうしよう。私、何かしてしまったのかな。

「ローナさんはお休みみたいよ?」

軽く震えかけていた私は、ミア様に肩を叩《たた》かれてさらに震えあがった。

「ミ、ミア様! あの、ローナさんはお休みなのですね……」

「いい加減に慣れなさいよ! いつまでおどおどしてんのよ、まったく」

「……ありがとうございます。……ではほかの方に指示を」

「いいのよ。アナタの分も仕事をもらってきてあげたから。裏にある保管庫から素材を選別して持ってきなさいだって。レベルはこの紙に書いてあるやつを参考に揃《そろ》えるようにって」

「……はい」

ミア様が差し出した紙を受け取り、私は彼女の後ろをついていく。ミア様が苦手なことに変わりはないけれど、これは私に与えられた仕事だ。

すると、前を歩いていたミア様は振り返って面倒そうな視線を送ってくる。

「ちょっと。後ろを歩くの、やめてくれない!?」

「も……申し訳……」

「そうやって謝るのもやめたら？　知っている子を思い出してイライラするのよね」

「！」

まさか『フィオナ』のことでは、と、青くなった私だったけれど、ミア様は私の様子は気にも留めず、また歩き始めた。

「いい？　この世界は弱肉強食なのよ。わかる？」

全くわかりません。

「アナタみたいに弱い子は生きていくのが大変よ？　もっと強《したた》かになりなさいよ」

「…………」

このミア様は、私がアカデミーの同級生として知っていた彼女と本当に違いすぎる。

かわいらしくて皆に好かれるミア様は幻想だったみたい。

このミア様なら『フィオナ』を陥れようとするのも残念だけど納得してしまうような……。

「いい？　いいとこのご令嬢には気をつけたほうがいいわよ。大人しい顔をして、裏ではやりたい放題の子だっているんだから。ほんと、人は見かけによらないのよ」

「…………」

「それに、私ね、生まれつき何もかも持っている人って大嫌いなのよね。その価値をわかっていない上に、新たなものを欲しがる人ほど見ていて腹が立つわ」

「…………」

もともとこれ以上ミア様からの忠告に応えるつもりはなかったけれど、あまりにも具体的な内容に疑問が積み上がる。

ミア様は『フィオナ』を陥れた張本人のはずなのに、まるで誰かに嫌がらせをされたことがあるような口振りなのだ。

もしかしたら私が知らない過去をお持ちなのかもしれない……。

そんなことを考えながら数分歩いて辿《たど》り着いたのは、古びた扉の前だった。

保管庫は風通しを良くし陽当《ひあ》たりを避けるため、目につきにくい場所にある。

中に入ると、漂う薬草の香りに少しだけ落ち着く気がした。

「この保管庫って、昔は気に入らない新人を閉じ込める場にも使われていたみたいよ。アナタはアカデミーも出ていないのに工房で結構目立っているから、気をつけたほうがいいんじゃない？」

「!?　そ、そんな……」

「そんなこと余裕であるわよ？　ローナさんからの評価も高いし、大事にされているのがわかるもの。しかも、最近はよくわかんないけどレイナルド殿下のお手伝いまでしているみたいじゃないの？」

「そ、それは……！」

「さっきの工房の微妙な空気、気がつかなかった？　まぁ、睨《にら》まれるぐらいで終わるとは思うけど。

……もしあなたにそこそこ恵まれた魔力があったら、あっという間に妬《ねた》みの対象になるんだからね？　実際にはなくてほんとによかったわね」

閉じ込めるなんてことをするのはミア様ぐらいでは、と思ったけれど、私にそんなことを教えてくれる姿から悪意は感じられなかった。

そういえば、少し前にクライド様は私に関して「人事系でいい報告が上がってる」「工房での評判がすごくいい」と仰《おっしゃ》っていたような。

もし本当だったらありがたいことだけれど……。

困惑している私を保管庫に押し込んだミア様は、あっけらかんと言い放った。

「さぁーて。アナタをここに案内したし、私は帰るわね！　素材を目視でレベル別に分けて持っていくなんて面倒極まりないし私がいても役に立たないもの。ちゃんと仕事しなさいよ！」

「はっ……はい？」

まさかというか予想通りというか、とにかくミア様らしい展開に、間抜けな声を出してしまった。

けれど、私もミア様との二人きりの作業はあまり好きではないので、ありがたく頷《うなず》くことにする。

きっと一人のほうがスムーズに仕事が進むと思う。

そして、きちんと一人で作業したと報告します……！

ミア様が足取り軽く去っていくのを確認した私は、早速メモに視線を落とした。

大好きな薬草の香りに囲まれつつ、珍しい素材に目を輝かせて作業を進める。

……と、風で扉がキイキイ鳴っているのが気になって、周囲に誰もいないのを確認してからこっそり土魔法を使い固定した。

そのまま集中してどれぐらいの時間が経っただろう。

手元のバスケットにはレベル別に分けられた素材がいっぱいになった。

そろそろ工房に戻らなきゃ、そう思ったところで入り口の扉からガタンと大きな音が聞こえた。

振り返ると、一人の男性が立っているのに気がつく。

「あの、何か？」

「！　手伝おうと思って来たんだけど、お邪魔だったかな」

濃い茶色の短い髪に、黒い瞳。工房でたまに一緒になることがある、見習い錬金術師の方だ。

アカデミーでお顔を拝見したことがある気がするから、私よりも一歳か二歳年上の方だろう。

名前は……確か。

「デイモン・アグニューだよ」

「デ、デイモンさん。私は、フィーネ・アナ、」

「知ってるよ。薬草園から手伝いに来てくれている優秀なアシスタントだよね」

名乗ろうとしたところを笑顔で遮られて、私は目を瞬《しばたた》いた。

普段、私は工房に顔を出しても目立たない場所や倉庫で作業していることが多い。

それなのに、勤務シフトがさまざまな錬金術師の中で下っ端の私の名前を知っているなんて。

「わ、私は優秀というわけでは、あの」

「え？　みんな言ってるよ。アカデミーを出ていないのに重用される薬草園付きのメイド、って」

「……！」

少し棘《とげ》のある言い方にどきりとする。

さっき、ミア様が言っていた『弱肉強食』が頭に思い浮かんで手が冷たくなっていく。

この方は私をあまり良く思っていないのかもしれない……？

どう立ち回ったらいいのかわからなくて固まっていると、デイモンさんは温度のない笑みを張り付けて手を差し出してきた。

「このバスケット、重いでしょ？　持ってってあげるよ」

「だ、だ大丈夫です！　私が……自分で……！」

これは私の仕事。バスケットを握る手にぎゅっと力を込めると、デイモンさんは少し驚いた表情をした後、元の不思議な笑いを浮かべ直す。

「そうか。自分でやった仕事は自分で報告したいよね」

「は、はい。お気持ちだけありがたくいただきます……」

「まだやるの？」

「そ、そろそろ終わりにします。見ての通り、バスケットがいっぱいになりましたので」

「こんな短時間に一人で？　本当にすごいね。一緒に出ていったミアはどうしたの？」

「ど、どこかに行ってしまわれました……」

「ははっ。彼女らしいね」

声をあげて屈託なく笑うデイモンさんに私は内心首を傾《かし》げた。

あれ。さっき感じた違和感は考えすぎだったのかな。それならよいのだけれど……。

「あ、あの。デイモンさんは先に工房へお戻りになってください。私はここを片付けてから戻りますので」

「わかった。手伝うことは何もなさそうだもんね。さすが優秀な薬草園メイド」

「………」

無言で頭を下げると、デイモンさんは思い出したように聞いてくる。

「ていうか、この扉ってこんなに立てつけ悪かったっけ？　びくともしないんだけど」

「！」

それは、魔法を使って止めているから。

思わぬ指摘に固まった私は、無理に笑顔を作った。

「そ、そうみたいなんです。ここに来たときも開けるのに苦労しました」

「へえ。知らなかった」

扉を触って確認して帰っていくデイモンさんを見送ってから、小声で呪文を詠唱する。

「魔法を解け《マギカエプラエワ》」

そうして、片付けを済ませてから倉庫を出た。

デイモンさんに感じた不思議な違和感を、どう処理したらいいのか迷いながら。

三日後。薬草園での勤務を終え、アトリエに向かおうとしていた私は白いローブを着た二人に声をかけられた。

「ねえ。あなた、商業ギルドで魔法道具を商品登録したって聞いたけど、本当？」

「しかも、登録はレイナルド殿下がお手伝いされたと聞いているけれど」

二人は、工房で働く先輩のカーラ様とシェリー様。

アカデミーの一学年上のご令嬢で、私は工房のお手伝いを始める前からお二人を知っている。

王宮で働くだけあって、錬金術では特に優秀な成績を修められていた方々だ。

「えっと……あの、」

商業ギルドへの登録の話は、想像以上に早く広まってしまったらしい。

けれど、どう答えたらいいの……。

そのうちに商業ギルド経由で魔力空気清浄機の生産が始まったら、嫌でも周辺が騒がしくなる気はする。

自分の名前で流通するのは楽しみだけれど、目立ちたくはないのだ。レシピ自体は簡単なのに、どうしてこんなことに……！

何と答えよう、と戸惑っていると二人はこちらに詰め寄ってくる。

「一体どんな手を使ったのかしら。薬草園勤めのメイドが、工房に出入りするようになって、そのうえ王太子殿下の権力を使って魔法道具を商品登録するなんて」

「そうよ。私たちだって、アカデミーで好成績だったから王宮の工房勤めになったのに！　普通は、商品化するまでにいろいろな手順を踏むのよ？　鑑定スキル持ちのレイナルド殿下が味方だったら、そんな困難もないわよね。あ〜あ、羨《うらや》ましいわ」

「しかも、レストランで親密そうに話していたって目撃談もあるのよ。あなた、自分の立場をわかっているの？」

次々に投げかけられるキツい言葉に、血の気が引いていく。

確かにお二人にしてみれば、私は偶然親しくなったレイナルド様の権力を使って工房勤めになり、お手伝いし、望みを叶《かな》えているように見えるのだろう。

それはずっと努力してきた人にとって、絶対に許せないズルのようなものだ。

気持ちはわかる。もし本当にそうだとしたら、不満を持たれても仕方がない。

「あっ……あの」

ドサドサドサドサドサッ。

なんと答えたらいいのかわからず困惑していた私の目の前に、茶色い土が降った。

ちょうどそれは、私の行く手を阻んでいたカーラ様とシェリー様の頭上に降った。

「……!?」

そして、周囲に広がる独特の匂い。

枯れ葉と土が混ざったこれは……肥料だった。

「何すんのよ!?　誰!?」

顔を真っ赤に染めたお二人が上を見る。

その視線を追うと……外階段の踊り場に、紙袋を手にしたミア様がいらっしゃった。

いつも通りかわいらしく立っているけれど、なんだか背後にどす黒いオーラが見える気がするような……!?

ミア様は空になった紙袋をパンパンと叩いて中身を全部落とす。そうすると、肥料の残りが降ってきて先輩方の頭上にまた積もる。

なんてことを、と真っ青になる私のことは気にも留めず、ミア様は不敵に微笑《ほほえ》んだ。

「あーら、ごめんなさい、先輩方？　私も気に入らない薬草園勤めのメイドに意地悪をしようと思ったのですが、手元がくるってしまったようだわ？」

「な……なんですって！」

「あなた、ろくに仕事もしないくせに、何をしているのよ!?　……もういいわ、行きましょう！」

肥料を払いながら口々に文句を言い去っていくお二人に、ミア様は大声で叫ぶ。

「この肥料、発酵前のにおいがキツいものみたいなので、早くお風呂に入ったほうがよろしいですわよー！」

そのうちに、カーラ様とシェリー様は見えなくなってしまった。

私はといえば、二人が消えた方向を見つめながら動けずにいた。

だって……私が困っていたのを、ミア様は助けてくれたってこと……？

『フィオナ』をアカデミーで孤立させた、あのミア様が……？

信じられない。

ミア様は呆然《ぼうぜん》と立ちつくす私のところまで階段を下りてくると、きまりが悪そうに呟《つぶや》いた。

「……別に、アナタを助けたわけじゃないから。本当に、アナタにかけようと思ったのを手元がくるってあの二人にかけただけだから。……勘違いしないで」


次の休日。私はお兄様と一緒に城下町のカフェでお茶を飲んでいた。

「お兄様、お久しぶりです。お元気でしたか」

「ああ、フィオナも元気そうで何よりだ。それよりも、噂《うわさ》になっているぞ。非常に質の高い魔石を使った新しい魔法道具ができると」

「う、噂!?」

思いがけない発言に私は目を瞬《しばた》いた。

スウィントン魔法伯家の没落後、お兄様はモーガン子爵家に婿入りするため王都を離れている。そのお兄様の耳に入るなんて、相当大きな話になっている気がする……！

目を丸くする私に、お兄様は教えてくださった。

「面白そうな商品の噂は広まるのが早い。その後ろ盾が王太子殿下となれば、興味を持つ商人は多いだろう。その関係で、王都を離れた私のところまで話が聞こえてきた。生成者は『フィオナ』ではなく『フィーネ』だが、話題にはなっている」

「な、なるほど……」

昨日も、商業ギルドに預ける魔石を作るためにアトリエで夜ふかしをしたところだった。

翌日の予定を気にしなくてもいい休日の前夜は、ついつい生成に集中してしまう。

ちなみに、認識阻害ポーションの持続時間が延びていることも研究の手助けになっていた。

夜が更けても効果が切れないので、安心してアトリエにいられる。

そうやって準備している中、「面白そう」と魔力空気清浄機の流通を楽しみにしてもらえているのはとてもうれしいことだ。

「お兄様。今回の魔法道具に使っている魔石を鑑定していただいたところ、純度が100だと。レイナルド様曰《いわ》く、ここまでの仕上がりの魔石はまずないそうで。私の錬金術に精霊が反応しているように思えるのはやっぱり不思議です」

「確かにその通りだな。歴史では、スウィントン魔法伯家にはたまに偉才が生まれてきたというが。しかし、それでも消えゆく魔法に抗《あらが》えた者はいなかったようだな」

お兄様の言葉に頷きながら、私の脳裏には、この前王宮図書館でリズさんと見たリトゥス王国の話がなんとなく思い浮かんでいた。

――精霊に近い存在。

魔法伯家の偉才が超えられないところにいるのが、その人たちなのではないのかな。もちろん、私に関わりはないのだけれど。

沈黙を貫いているのもなんだか意味深で、魔法が好きな私としてはわくわくしてしまう。

ぼうっとする私に、お兄様は続けた。

「王宮での暮らしが充実しているようでよかった。レイナルド殿下も、お前を助けてくださっているようだな。初めは二人が予想以上に仲良くなったことを失敗だったと思ったんだが……ありがたいことだ」

「レイナルド様のおかげで、私の世界は広がりました。せっかくこのような機会をいただいたので、自分の好きなことで生きていけるように頑張りたいです。……もちろん、きっかけをつくってくださったのはお兄様も同じことです。ありがとうございます」

私が頭を下げると、お兄様は微笑んでから何かを取り出す。

「フィオナ。これを」

お兄様が私に差し出したのは、白地に淡いピンク色のレースで彩られた封筒だった。

とてもかわいらしくて、これはお兄様の趣味で選ばれたものではないとわかる。

「これは……？」

「ようやく準備が整った。私とモーガン子爵家の令嬢との結婚式の招待状だ」

「！　お兄様、おめでとうございます」

「没落したとはいえ歴史あるスウィントン魔法伯家の当主だった私と、財を成す裕福な子爵家との婚姻だ。一応、王族の方宛てにも招待状は出したのだが」

「ふふっ。形式上のものですよね、お兄様？」

この前の、回廊でお会いしたレイナルド様と王妃陛下のお姿が思い浮かぶ。

あの高貴な方々が、お兄様の結婚式にいらっしゃるなんてことはない。

「それが、レイナルド殿下がお出ましになると返答があった。残念だが、久しぶりに頑張ってくれ」

いや、あったみたいです。

「そ、そんな……！」

「きっと、あの王太子殿下なら大丈夫だ。フィオナもフィーネも困らないだろう」

「お兄様、何と無責任な……！」

「大丈夫、結婚式はまだ先だ。しばらくはこの話は忘れていなさい」

「……！」

思わず頭を抱えてしまった私だけれど、こうなっては仕方がない。

一日だけ。一日だけ、私はフィオナとしてレイナルド様にお会いすればいいのだ。

うん、きっと……大丈夫。


私の身に災難が降りかかったのは、その数日後のことだった。

錬金術工房の隅っこで素材の数を数えてリストに記入していた私は、先輩に声をかけられた。

「フィーネさん。今日の夕方、ローナがあなたにサポートをお願いしたいみたいなの」

「わ、私でしょうか……!?」

私に声をかけてくれたのは、この工房を取り仕切るローナさんの右腕ともいえる存在の方。魔力量や知識にとても優れていて、ローナさんと同じように皆から憧れられている人だ。

ドキドキしながら目を瞬かせる私に、先輩は紙を手渡してくる。

「今日、この魔法道具を生成するみたいなのだけれど……温度や素材の質の管理を任せられるアシスタントが必要なんですって。それでね。ローナは、フィーネ・アナ・コートネイ、あなたをご指名なの」

「!?」

どことなくこちらに注目が向いていた工房内が、ざわりとどよめいた。

待って。わ、私にそんな大役を……?

信じられなくて、渡された紙を見る。

そこに書いてある設計図の概略や素材は、特別な魔法道具の試作品に関するものだった。

工房を取り仕切るローナさんのような錬金術師には、国からの特別な仕事がたくさん集まる。

それをサポートできることは、見習い錬金術師やかけ出しの錬金術師たちにとって憧れの任務のひとつなのだ。

だから、ただの薬草園メイドの私がこんなふうに受けてはいけないお仕事だと思う。

「わ……私の本業は薬草園勤めのメイドです。こんなお仕事、務まりません」

「あら。あなたの名前で面白い魔法道具が商業ギルドに登録されたことを知っているわ。私もローナも設計図を見せてもらって驚いたの。随分面白いし、魔石も素晴らしかったわ。しっかり勉強しうな視線に言葉が続かない。
「あの、でもそれは……」
レイナルド様に手伝ってもらったものなのです、と説明しようとしたけれど、周囲の突き刺すよ
ているんだなって」

　この工房の空気が完全に凍りついてしまっているのがわかる。

……どうしよう。

先輩は私の焦りを気に留めることなく、空気を読まずにニコニコと続けた。

「そんなに気負わずに頑張ってみて？　いい勉強になるわよ。ローナは今外出中だけれど、夕方には戻るわ。それまでにこの紙に書いてある素材を集めてくれるかしら。もちろん、最適な状態でね」

「は……は、はい」

勢いに押されて思わず承諾してしまった。私は震える手で渡された紙を握りしめる。

「ほら、みんな手が止まってるわよー？」

工房の凍りついていた空気は、先輩の一言でまた動き始めた。

けれど、それは表面的なものだとわかる。

恐る恐る周囲に視線を送ると、皆がふいと視線を逸らしていく。

でも、皆の気持ちも理解できるだけに、どうしたらいいのかわからない。

「だから言ったじゃない。でも、こんなんじゃ済まないわよ。アナタ、もっと気をつけたほうがいいわよ」

立ち尽くす私の耳元で、ミア様が囁《ささや》いて去っていく。

この前、カーラ様とシェリー様に問い詰められていた私を助けてくれたミア様。

私はミア様が苦手だけれど、今日ばかりは追いかけたい気持ちになってしまった。

「その素材を集めるなら、いつもの隣の倉庫じゃなくて保管庫のほうがよさそうだな」

声をかけられて顔を上げると、そこにはデイモンさんがいた。

デイモンさんは、この前保管庫で作業をしていたときに声をかけてくれた先輩。

あのときは違和感のようなものを持ったけれど、その後は特にトラブルになることはなかった。

「は……い。確かに、向こうのほうが最適なものを揃えられそうです。わ、私、保管庫まで行ってまいります」

「――気をつけて」

デイモンさんに見送られて、私は保管庫に向かったのだった。


「……？」

数分歩いて辿り着いた古い扉の前。何か気配を感じた私は周囲をきょろきょろと見回していた。

けれど誰もいない。

誰かがいるように思えたのは気のせいだったのかな……。

違和感を片付けた私は、古い扉に手をかける。

ギイと音がして開いたその先は、私が大好きなもので満ちる空間だ。

薬草やハーブの香りと、いろいろな石や布、砂や水、あらゆる特別な素材の気配。

それが工房に流れる刺々《とげとげ》しい空気に疲れた心に沁《し》み渡って、思わず目を閉じてしまう。うん、ほっとする。

——けれど。

「あれ、フィーネ?」

聞き慣れた先客の声に、ゆっくりと深呼吸をしていた私は驚いて目を開けた。

「フィーネも素材を取りに来たの?」

いつも通りの青みがかった黒髪と空色の瞳。

優しく微笑みかけてくれる姿に、さっきまでの空気に死にそうだった私は心からほっとして表情が緩んでしまう。

「……レ、」

その人の名前を呼ぼうとした瞬間、背後の扉でガシャン、ガチャガチャ、と音がした。

「!?」

慌てて後ろを振り向くと、古い扉はきっちり閉まっていた。

外から鍵をかけられたようで、手をかけても開く気配がない。

「ま、待って……!」

「どうかした?」

異変に気がついたレイナルド様が、手にしていた素材の束を棚に戻して扉のところまで来てくださった。

すっかり血の気が引いて手が冷たくなってしまった私は、震える声で伝える。

「レ、レイナルド様……。どなたかに、鍵をかけられてしまったようです」

「本当だ。開かないな」

レイナルド様が扉に手をかけて確認してくださったけれど、扉はやっぱり開かなかった。

この保管庫は造りが古い。

内側に鍵はなく、外からしか開かない仕組みになっているみたい。

どうしよう。私だけがここにいるのなら問題ないけれど、レイナルド様も一緒だなんて……！

「フィーネ、そんなに心配することないよ。俺が戻らなかったらクライドが血相を変えて呼びに来るだろう。居場所は伝えてある」

「そ、そうでしょうか……」

「それよりも、何か用があってここに来たんだろう？　気にしないで仕事をしたほうがいい」

「はい……」

確かに仰る通りだった。私は棚に向き直って、紙に書かれた素材を集め始める。

けれど……クライド様が呼びにいらっしゃるとはいえ、夕方の生成には間に合うのかな。

私が浮かない顔をしていることに気がついたのか、レイナルド様は悪戯《いたずら》っぽい笑みを見せてくださった。

「まだ心配？　朝と夜以外にフィーネと二人で話せるなんて、俺は楽しいけど？」

「あ……！　あの、それではまた違った心配も出てきますね……！　ごめんなさい、気がつかなくて……！」

そうだった。すでにこの前、夕食をとるために入ったレストランでレイナルド様と親しくしていたことが皆に知られている。

心配されるのはもちろんだけれど、変な噂が立ってしまう可能性があることも問題だった。

アトリエには大体クライド様が一緒に来てくださっているけれど、今はこの人目につかない保管庫に二人きり。

人が滅多に来ないことも皆が知っている。

この状況は絶対に良くなかった……！

「大丈夫。今鍵をかけた人物には何か理由がありそうだから、ここから出してくれるのがクライドなら変な噂は立たない。まぁ、フィーネが嫌でなければ俺は浮名も悪くないけど」

「な、な、な……」

なんてことを！　と思ったけれど、冗談にして笑ってくれるレイナルド様を見ていると、冷たくなっていた指先の感覚が戻る気がする。

――私が不安になっていることをわかって、笑いに変えようとしてくれているんだ。

ゆっくりと息を吐いて、落ち着きを取り戻した私にレイナルド様は聞いてくる。

「手伝おうか。この紙に書いてあるものを集めればいい？」

「あっ……いいえ、私が自分で……！　鑑定スキル持ちのレイナルド様にお任せしては、私の仕事になりませんから……！」

「そう？　じゃあ俺は見ていようかな」

レイナルド様は隅に置いてあった箱の上に腰を下ろすと、じっとこちらを見つめてくる。

少しだけ薄暗いけれど、明かりを灯《とも》すほどでもない保管庫の中。

心を落ち着けてくれる薬草の香りと、カラフルな石と、さまざまな素材が入った小瓶。

私が籠《かご》に葉っぱや石を入れていく小さな音。

ここは、まるでいつものアトリエみたい。

そんなことを考えていると、ふとレイナルド様が呟いた。

「……アカデミーで、こんな風に一緒に学べたら楽しかっただろうな」

「!?　えっと、わ、私はアカデミーに通いませんでしたから」

「うん、わかってる。実習とかいろいろあるんだ、あそこは」

「……実習。と、とても楽しそうですね」

レイナルド様の言葉に苦い思い出が蘇《よみがえ》る。

アカデミーでの実習は、外では魔力を使わないことに決めていた私にとって苦手な時間だった。

でも、たとえ魔力が使えなくても、今のこのレイナルド様と一緒だったらきっとわくわくする時間のひとつだった気がする。

内気で引っ込み思案で、外の世界を知らなかったことがもったいない。

そんなことを考えていると、レイナルド様が仰った。

「今度、ある人の結婚式に行くんだけど」

「け、結婚式、でしょうか……！」

これは間違いなくお兄様の結婚式のこと。

『フィーネ』と『フィオナ』は遠縁ということになっているから、私が結婚式のことを知らないのもおかしい気がする。

内心焦り始めた私だったけれど、レイナルド様がお話ししたいのは違う話題のようだった。

「その場所が少し懐かしい場所なんだ」

「懐かしい場所、でしょうか？」

お兄様が結婚式の地に選んだのは、昔、スウィントン魔法伯家の別邸があった湖畔の別荘地だった。

景色がとてもきれいなこともあるけれど、何より婿入り先のモーガン子爵家が没落した我が家を気遣ってくださったらしい。

「そう。俺が、魔法や錬金術に興味を持つようになったきっかけの場所」

「そんなところがあるのですね……？」

「スティナの街。湖畔の別荘地なんだけど、フィーネも知っているかな」

「……スティナ」

「そう。俺が最初で最後の、魔法を見た場所だ」

——湖畔の別荘地、スティナ。胸の奥が、ざわりとした。


子どもの頃の私は、夏になると毎年湖畔の別荘地スティナを訪れていた。

お父様やお母様がまだ生きていたから、まだ十歳にも満たない頃の話。

お兄様と一緒に湖の周りを散策したり、錬金術に使えそうな素材を見つけたり。

別荘には珍しい魔法書も置いてあって、まだ子どもだった私は辞書を引きながら一生懸命読んだりもした。

土と木々とお日様の匂いが混ざった、幸せな記憶。

まさか、子どもの頃にあの場所をレイナルド様も訪れていたなんて。

それは『魔法を見た』という言葉とどうしても無関係とは思えない。

私の鼓動は次第に高まっていく。

「ま……魔法は、いつ、どこで見たのですか」

「湖に落ちたんだよね。風が強い日で、飛ばされた栞《しおり》を掴《つか》もうとしたらそのまま落ちた。泳げないわけじゃなかったけど、服が水を吸って意外と動けなくて困ってた」

「……！」

私、その場面を知っているかもしれない。

そう思うと、手の中にじんわりと汗がにじむ。

夏の暑い日、午後にお兄様がテラスで眠ってしまったことがあった。

ずっと座っていて体が痛く感じた私は、読んでいた魔法書を置いてひとり散歩に出ることにしたのだ。

そして、森の中を歩いて湖畔に辿り着いた。

大きなお城を映す湖を眺めていたら、そこに男の子が現れた。

私と同じぐらいの年齢に見えるけれど、彼は背筋が伸びていてどこか普通とは違う雰囲気を纏《まと》っていた。

なんとなく目が離せずにいたら、彼は湖に落ちてしまった。……そして。

「龍……」

「……龍？」

無意識のうちに呟いてしまったときにはもう遅かった。

私の顔をレイナルド様の空色の瞳が覗《のぞ》き込んでいる。

「い、い……いえ、何でもないんです。そ、それで、レイナルド様はどうやって湖から上がったのですか」

「うん。急に湖面がせり上がって、大きな水の流れと一緒に桟橋に押し出されたんだ。一瞬のことだった」

「……！」

レイナルド様の思い出話に、私は言葉が出ない。だって。

――私、湖に落ちた男の子に『水で龍を形作る魔法』を使った。

魔法伯家にある魔法書はさまざまなもの。

初級魔法から禁忌魔法まですべての管理が任されているのは、魔法伯家の特権だった。

もちろん、精霊はもういないと思われているから、それも形式的なものにすぎない。

水で龍を作る魔法は上級魔法だったけれど、私はその呪文の響きがとても気に入り一度で覚えてしまった。

男の子が湖に落ちたことに気がついたとき、咄嗟《とっさ》に出たのがその呪文だった。

水で龍を形作る魔法、なんていっても、子どもは魔力量が少ない。

だから、そのときは湖面がせり上がるくらいで済んだ。

過去、スウィントン魔法伯家を支えてきた大人の偉大な魔法使いが唱えていたら、湖上には大きな龍が現れていたことと思うけれど。

無事にその子を助けられたことにほっとして、私は震える足をなんとか動かして森の奥の別荘に戻った、ような……。

――つまり。あの男の子ってレイナルド様だったの!?

「あのとき、湖で精霊に助けられたのが俺の原点。魔法のことがもっと知りたいと思ったし、一気に夢中になったんだ」

驚きで何も言えない私だったけれど、レイナルド様の言葉が大いに引っかかる。

せ、精霊に助けられたって、なんですか……？

「あ、あの。レイナルド様を助けたのは精霊だったのですか……？」

「ん。遠くにワンピースを着た天使みたいな子が見えたんだ。その佇《たたず》まいが人間とはどうしても思えなかった。それに魔法を使える人間がいないのは知っていた。だから、精霊そのものなのかって」

待って。私が天使で精霊ですか？

全力で否定したい。

当時のレイナルド様は湖に落ちたショックで取り返しのつかない勘違いをされてしまったみたい。

しかも、大人になってもまだその勘違いを信じ続けているのが面白いところで。

けれど私も同じ。好きなものに関することは、最初の感動をそのままずっと大切にしたくなってしまうから。

たとえ、本当は違うとわかっていたとしても。

また似ているところに気がついたと思ったら、なぜかうれしくて笑ってしまった。

「その街……私も行ってみたいです」

「フィーネならそう言うと思った。今度案内するよ」

柔らかなレイナルド様の視線にほっとする。

さっきまで緊張で冷たくなっていた指先は、すっかりいつも通りになっていた。

会話が一段落したところで、レイナルド様の声色ががらりと変わる。

「ところで、フィーネ。濃い茶で短髪の男に覚えはあるかな？　がっしりめの長身で、身に着けているローブは見習いのものなんだけど」

「！」

それは、さっきここで素材を集めることを勧めてくれたデイモンさんのこととしか思えなかった。

心当たりのある私は口を引き結ぶ。

思えば、前にも似たようなことがあった気がする。

そのときは、魔法で扉を閉まらないようにしていたから閉じ込められることはなかったけれど。

急に挙動不審になった私に、レイナルド様は穏やかに聞いてくださる。

「さっき、彼が窓の外を走っていくのが見えたんだよね。工房の人間は俺も知っているけど、まずはフィーネの心当たりを聞きたい」

「…………」

「フィーネ？」

答えないでいると、レイナルド様が私にずいと近寄ってくる。近い。近いです……！

レイナルド様は、私なんかよりもずっと王宮で働く方々のことを知っている。

ここでごまかしてもその人への不信感が募るだけ。それなら、素直に答えたほうがいい。

……けれど。

「あ、あの。その方はきっと、ここに偶然鍵をかけてしまったのだと思います。中に人がいると気がつかずに、うっかり」

「保管庫の管理には意外と厳重なルールがある。施錠時には中に人がいないか確認することもその中に含まれている。罰則付きのルールだから、適当に運用する人間は少ない」

レイナルド様の声は少しだけ厳しいものになっていて、その人への怒りを感じさせる。

もちろん、私だってデイモンさんを庇《かば》いたいわけではない。

でも今ここでお話ししたら、きっとレイナルド様は工房に手を回してしまう。

恐らく、デイモンさんには厳重注意がいくと思う。

もしかしたら、レイナルド様が一緒だったことで事態を重く見られて配置換えになるかもしれない。

そのこと自体は仕方がないことなのかもしれないけど、私の脳裏にはこの前商業ギルドで代わりに手続きをしてくださったレイナルド様の姿や、偶然を装って肥料を降らせてくれたミア様の顔が思い浮かぶ。

私はずっとこうやって守られていてもいいの。

一人で自立して生きていきたいのに、誰かに守られて嫌なことや怖いことから目を背けていてもいいの。

そう思ったら、自分でもびっくりするほど強い言葉が出た。

「……もしこれが意図的なものだったとしても、私はその人に謝罪をしてほしいとは思いません。これが今の私への評価なんだと思います。でも、私に仕事を依頼してくださったローナさんには申し訳ないです。時間までに間に合えばいいのですが」

私の言葉にレイナルド様は少し驚いた様子だった。

こちらをじっと見つめて、問いかけてくる。

「さっきからずっと見ていたんだけど、今フィーネが集めてるのって宮廷錬金術師が特別に生成するレベルの魔法道具の素材だよね。それはいつ使うの？」

「今日の夕方までに必要だと言われています」

「なるほど。どうしてこういうことになったのかは十分に理解できたよ」

その言葉でなんとなく納得する。

もしここに閉じ込めたのがデイモンさんなのだとしたら、私にローナさんのアシスタントとして失格だという烙印《らくいん》を押したいのだろう。

「フィーネの気持ちはよくわかるよ。俺も、フィーネのことはすごく応援してる。自分ひとりの力で頑張ろうとする姿には元気をもらえるんだ」

でも、と厳しい声でレイナルド様は続ける。

「今回は偶然俺が一緒だった。だからクライドに出してもらえるし結果的には問題ない。でも今は冬だ。この保管庫も温度変化が少なくなる魔法道具を使ってはいるけれど、魔法のように万能ではない。俺が言いたいこと、わかるよね？」

「…………」

その言葉に、少しの肌寒さを思い出して私はローブをぎゅっと掴む。

夕方になったらここはもっと冷えるだろう。

もし私の失敗が目的なのだとしたら、デイモンさんは夜になる前に出してくれるとは思う。

というか、私としてはレイナルド様が一緒じゃなかったら魔法で扉を壊して脱出するとは思うのだけれど……。

けれど、レイナルド様が心配していることがわかって言葉にならない。

「そんなところにフィーネが閉じ込められたら、って思うと、怒りが収まらないんだけど？」

いつも優しいレイナルド様の、こんなに感情的で真剣な顔は見たことがなかった。

保管庫の中にしんとした沈黙が満ちる。

どう答えたらいいのか迷っていると、扉がガンガンと叩かれた。

「レイナルド、おせーよ。……ってあれ、なんでここ鍵がかかってんだ？」

それは、レイナルド様が戻らないことを心配して来たらしいクライド様だった。

レイナルド様はすぐに扉のほうへ行く。

「中にいるよ。アクシデントがあって閉じ込められた」

「マジかよ。えーと、これ鍵どこにあるんだっけ？」

「工房に保管されている。多分、デイモン・アグニューに聞くと早いな」

「おっけ。待ってて」

クライド様の足音が遠ざかっていく。

それが聞こえなくなってから、レイナルド様は私に向き直って微笑んだ。

さっきとはまるで違う、穏やかな表情に戻っていてホッとする。

「……それでつまり、俺ができるのはここまでってことでいいの？」

「は、はい」

「本当に？　今回だって、少し状況が違えば取り返しのつかないことになってた」

「……わ、私、さっきまですごくいろいろなことを考えていたんです。薬草園付きのメイドなのに本当にいいのかな、とか。でも……期待に応えて、皆に認めてもらえるように頑張りたいと思います」

そうして、私は素材をいっぱい詰めたバスケットをぎゅっと抱きしめる。

レイナルド様とお話ししていてわかった。

――見返すなら、誰かに頼るのではなくて自分の力でしないといけない、って。

クライド様が持ってきてくださった鍵を使って保管庫を出た私は、お二人と別れて工房に戻った。

「あ！　どこに行っていたのよ。ずっといないから、私の仕事が増えて大変だったじゃないの！」

「えっと……保管庫での素材集めに手間取りまして」

頬《ほお》を膨らませたミア様に話しかけられてホッとする。

言い方は刺々しいけれど、少し心配してくれているのがわかったから。

「ローナさん、もう戻ってるわよ。このあと手伝いがあるんでしょう？」

「……えっ？　ご、ご存じなのですね、」

「当たり前でしょう。なんか皆注目しているわよ？　ローナさんの試作品についてもだけど、サポートがアナタだから」

「……」

いつもならドキドキして呼吸が速くなってしまう私だけれど、今日は少し落ち着いている。

だって、レイナルド様に宣言したのだ。

自分の力でなんとかしたいと。

そうしていると、背後からデイモンさんに話しかけられた。

濃い茶の短髪に、がっしりとした体躯《たいく》、錬金術師見習いの白いローブ。

さっきレイナルド様が仰っていたのと同じ特徴にため息が出る。

「その籠、ローナさん個人のアトリエに持っていこうか」

「デイモンさん……」

「長い時間寒いところにいて疲れただろう？　遠慮しないで、ほら」

籠の持ち手を掴まれたのを、私はぎゅっと握りしめて抵抗した。

「前にも申し上げましたが、これは私の仕事ですので大丈夫です」

「そんなに警戒しなくたって。俺はただ手伝おうとしただけなんだけど」

「……お気持ちだけ、ありがたく」

デイモンさんの言葉に言い訳のようなものを感じてしまったのは私だけではないと思う。

その証拠に、ミア様はツンとすましたお顔で「ほらね？」って囁いていた。


王宮にある錬金術の工房は少し複雑な造りをしている。

工房が置かれた一帯の入り口ではレトロな扉と呼び鈴が迎えてくれて、扉の先のカウンターを抜けると一般的な錬金術師が働く工房がある。

そこでは、肩に紫の線が入った宮廷錬金術師と白いローブを着た見習いが一緒に働いている。

王宮内のオーダーを受けてポーションや魔法道具を生成する、錬金術師にとっては憧れの場所だ。

外から持ち込まれたポーションが集まるのもこの部屋だし、私が週に二回手伝いをするのも基本的にはこの場所。

そして、衝立《ついたて》の向こうは広い壁一面が素材の収納棚。

大小の瓶に詰められたたくさんの宝石や薬草のほか、生成前の処理を施している最中のハーブやいろいろな湖の水、設計図を描くのにふさわしい布などがきれいに並んでいて、見るだけで心が安らぐ。

その奥にはさらに扉があって、先にはいくつかの個室が並んでいる。

宮廷錬金術師の中でも特に地位の高い人や能力を認められた人だけが持てるアトリエになっているのだ。

今日、私がお手伝いする生成はそこにあるローナさん個人のアトリエで行われることになっていた。

「この前、商業ギルドに提出されたっていう魔法道具の設計図、錬金術師ギルド経由で見たわ。すごく面白かった」

「あ、ありがとうございます……！」

ひとつに結んだ栗色の髪を揺らして快活に笑うローナさんに縮こまってしまう。

そんな私を見て、ローナさんは目を細めた。

「そんなに緊張しなくてもいいのよ。今日の生成には時間差で素材の加工が必要なものもあるから、サポートに入ってもらうだけなの。不測の事態がない限りあなたには見ていてもらうだけだから」

私はただこくこくと頷く。

この工房でお手伝いをさせてもらえるようになってから、ローナさんは本当に私の憧れなのだ。

今朝、アシスタントを頼まれたときは訳がわからなくてパニックになってしまったけれど、改めて考えると、ローナさんの生成を間近で見せてもらえるなんて夢のようないい機会だと思う。

とにかく、学べるところはきちんと学ばなきゃ……！

そう決意した私の視界に飛び込んできたのは、とても珍しい素材だった。

「！　ローナさん、その素材って……」

「あら、気がついた？　これね、さっき獲《と》ってきたばかりなの。満月の翌朝にしか現れないシルバーウルフの爪。間に合わないかと思ったんだけど、なんとかなってよかったわ」

「!?　あの……それってとっても貴重なものですよね……!?」

「ええ。市場にはなかなか出回らないし、数人の冒険者と同行してちょっと大変だったのよ？」

「……！」

私が普段生成に使う素材は、薬草や宝石、湖の水をもとにしたものが多い。

けれど、いろいろな依頼を受けることが多い宮廷錬金術師はこんな風に魔物の爪や毛を素材にすることもある。

そういう素材から作られるのは、ほとんどが夢のように特別な魔法道具なのだ。

「この素材のリストを見ながらずっと考えていたのですが、今日は何を生成されるのでしょうか？　珍しい効果を持つポーションや何かの魔法道具の応用ではないですよね……？」

私の問いに、ローナさんはふふっと悪戯っぽく笑った。

「今日作るのはね、いわゆる〝空飛ぶ絨毯《じゅうたん》〟なの」

「！」

「私ね、ここで働くようになってから実用的なものばかりを作ってきたのだけれど……。こういうのをずっと作ってみたかったのよ。だから今日をずっと楽しみにしていて、将来有望そうな錬金術師さんにサポートまでお願いしちゃったの。……素敵でしょう？」

「わ、私もそういうの、大好きなんです……！」

キラキラと輝くローナさんの瞳を見ていると、私まで声が上ずってしまう。

さっき工房で冷たい視線にさらされてその後保管庫に閉じ込められたことなんて、すっかり頭から消えてしまった。

ローナさんの詳しいお話では『空飛ぶ絨毯』とは浮遊式の踏み台のことだった。

「ほら、工房の衝立裏の倉庫も、高いところにある素材を取るのは大変じゃない？　皆が梯子《はしご》に登るのを見ていて考えたのよね。もっと安定感があって、安全に簡単に使える魔法道具は作れないかなって」

「た、確かに高いところにある素材を取るのは……少しだけ大変です」

素材を揃えるのは私たち見習いの仕事。

自分の身長の二倍ほどもある高い梯子に登るのは怖いと思うこともある。

そういえば工房の手伝いを始めて数日目、あの梯子を見て固まった私に、先輩が『怪我《けが》をしてもここには出来たてのポーションがあるから大丈夫よ』ってけらけら笑いながら教えてくださったような……。

ローナさんは、私が持ってきた小瓶のひとつを窓越しの光に透かして「うん、上出来。全部チェックしたけど、どれもいい素材ね」と微笑んでから続けた。

「物語に出てくる本当の空飛ぶ絨毯みたいに乗って飛べたらいいなって思ったのだけれど。なかなか難しいじゃない？」

「は、はい。大きな動力を確保することはもちろんですが、安定感を維持するのは並大抵の難度ではなさそうです……」

「そうそう。いくつか試作品を作った上で、落としどころが見つかったの。シルバーウルフの爪を使って安定感を増すかわりに、空をふわふわと自由に飛び回るのは諦めようって」

「でも、室内は飛び回れます……！　人間を乗せて浮いて移動できる乗り物なんて、本当にすごいです！　普通は、魔法道具のキーとなる魔石にどんなにたくさんの効果を持たせても、動力や調節の難しさがあって実用化しにくいところです。それを、夢の魔法道具に組み合わせてしまうのがすごいです……！」

「……」

いきなり声が大きくなってしまった私を目を丸くして見つめた後、ローナさんはふっと笑った。

「……アカデミーを出ていないと宮廷錬金術師にはなれない、っていう規則は馬鹿みたいね。魔力と知的好奇心の両方を持ち合わせているのが貴族令息・令嬢だけなんて考えは、古すぎるのもいいところだわ」

「あの……？」

「ここの工房はね、子どもの頃から私にとっても憧れの場所だったの。今回の空飛ぶ絨毯は私の夢の延長線上にあるのだけれど……あなたたちみたいな子の助けになると思うと、それもうれしいわ。今日の生成、絶対に成功させたいな」

「は、はい！　私も頑張ります……！」

そうしてローナさんから渡された紙には、今日使う素材のほかに生成の手順が細かく書いてあった。

普通のポーションの生成と違って、やっぱり複雑な段階を踏むことになるみたい。

拳《こぶし》を握りしめ、決意を固めたところで私ははたと気がつく。

シルバーウルフの爪はとても貴重な錬金術の素材だし、ここには一つしかない。

つまり、絶対に失敗できないのでは……？

たらり、と背中を冷や汗が流れる感覚がして、私は慌てて頭をぶんぶんと振った。

――大丈夫。ローナさんに限って失敗するなんてこと、ないもの。

夕方、仕事を終えた皆がローナさんの個人用のアトリエに集まってくる。

錬金術を扱うのに不便がないようそれなりの広さがあるこの個室だけれど、実験用の机まわりを除いて、人でいっぱいだった。

「顔が白いけど大丈夫？」

「レ、レイナルド様」

なぜか、そこにはレイナルド様とクライド様の姿もあった。

私がレイナルド様と言葉を交わしているのを見たことがある人はたくさんいる。

けれど、私がレイナルド様に手伝っていただいて魔法道具を商業ギルドに登録してからは、人目につくところで顔を合わせるのは初めてだった。

さすがにあからさまな言葉は聞こえてこないけれど、少し注目を浴びてしまっている感じがしてさらに緊張してしまう。

「だ、大丈夫です。少し緊張しているだけで、」

「——今日の夕方までに必要な宮廷錬金術師用の素材。こういうことか」

「はい。しっかりとお手伝いをしてまいります」

レイナルド様の意味深な問いにきっぱりと答える。自分でなんとかすると宣言したんだもの。

それにしても、私たちの会話に皆が聞き耳を立てているような……！

この前、階段のところで私を引き留めた先輩方や、さっき私を保管庫に閉じ込めた容疑がかかっているデイモンさんの姿も視界の端に映る。

ちなみにミア様はいらっしゃらない。

業務終了時間ぴったりに寮の部屋に戻っていくミア様のドライさが今は懐かしかった。

周囲の視線は気になるけれど、せっかくローナさんが『夢』とまで表現していた魔法道具の生成のサポートに選んでもらえたのだ。

人が苦手とか、視線が怖いとか言っていないで頑張らなきゃ……！

「さぁ、生成を始めましょうか」

作業机に設計図を広げたローナさんが、自信たっぷりに微笑んだ。


今日の生成は、素材を加工した後で特別な砂を使い魔法道具に仕上げていくという手順を踏む。

素材はあらかじめ加工済みのものとそうでないものとがある。

加工に時間と魔力が必要な魔石の加工は済んでいて、隣の黒板に詳細が記してあった。

「これ、ローナさんの字じゃないね」

「本当だ。じゃああの子か」

「へー」

「…………」

お察しの通り私が書いたものなのだけれど、やっぱり突き刺さる視線が痛すぎる。

なるべく気にしないようにして、私はローナさんの手元に視線を移した。

ローナさんによって丁寧に描かれた設計図は、レイナルド様が描くものによく似ていると思う。

精緻に引かれた線と細やかな計算式たち。少し親しみが湧いて、うれしくなる。

それらを前に、まずは素材の加工を進めるローナさんを静かに見守った。

部屋のあちこちからは「おー」「すごい」という感嘆の声が聞こえてくる。

今日の私はアシスタントだからじっと見つめているわけにはいかないけれど、ローナさんの手つきは鮮やか。やっぱりすごかった。

……けれど。ふと、気がつく。

机の端に置いてあるシルバーウルフの爪の端が変色している、ような……。

もしかしてすぐ近くでほかの素材を加工しているから、何らかの影響を受けてしまったのかもしれない。

周囲の影響を受けやすい素材の代表例として、魔物から採取できる素材が挙げられる。

もちろん、ローナさんだってそれはご存じだ。

だからきちんと対策をしていたのに、シルバーウルフの爪の影響の受けやすさは想定を上回っていたらしい。

ど、どうしよう……！

シルバーウルフの爪はとても貴重なもの。これがダメになってしまったら、おそらく生成は失敗する。

そして、またシルバーウルフが出てくる満月の翌日の明け方を狙って収集しに行かなくてはいけない。

ローナさんに報告しなくてはいけないと思いつつ、頭の中であれこれと代替案を探す。

加工して変色した部分を取り除く？　ううん、それでは素材の質が下がる。

生成の手順を変える？　ううん、そうするぐらいならローナさんはまた満月の翌日の明け方を待つと思う。

そうやって考えていた私は、寒い季節に入りかけたばかりの頃、図書館で王妃陛下——リズさんに取ってもらった魔法書のことを思い出した。

——光魔法の呪文はどうだろう。

あのとき、私は加工済みの薬草を新鮮な状態に戻す魔法の呪文が知りたかった。

その呪文はとても簡単で単純なもので、すぐに覚えられた。

きっと、その呪文を使えばこのシルバーウルフの爪は生成に最適な状態に戻せるはず。

けれど、そのためには魔法を使う必要がある。

「ロ、ローナさん。これを見てください……」

「あら!?　変色しちゃってるわね。ちょっとこれでは使えないわねえ。やだわ。ちゃんと遮断布の上に置いて対策してたのに」

生成の手を止め、目を丸くしたローナさんの言葉にアトリエの中にはざわりとした空気が広がっていく。

当たり前だった。だって、素材の質の低下はそのまま錬金術の失敗に繋《つな》がるのだもの。

私は、さっきキラキラした瞳でこの生成についての思い入れを教えてくださったローナさんのことを思い出していた。

――〝こういうのをずっと作ってみたかったのよ。だから今日をずっと楽しみにしていて〟

この生成は絶対に成功させたい。そう思ったら、自然と体が動いていた。

「あ、あの。私、このシルバーウルフの爪を加工してもいいでしょうか……」

「え？　これを加工？　この変色した部分を取り去るってことよね？　そうねえ。決して意味がないわけではないけれど……」

「質が下がって成功の確率が下がることは理解しています。ですが、このまま使うわけにもいかないのでは、と」

「確かにそうね。このまま使っても、加工して使っても、どちらでも成功の確率は変わらないわよね。……うん、やってもらおうかしら」

「！　はい」

よかった……！　許可を得た私は、ペコリと頭を下げた。

「で、では向こうのアトリエで加工してまいります。ここでは皆様の邪魔になりそうなので」

魔法でなんとかするつもりだけれど、私が魔法を使えるのはお兄様と私だけの秘密。

だからここで使うわけにはいかない。

そう思ってローナさんのアトリエを出ようとした私に声をかけてきたのは、デイモンさんだった。

「なぁ。シルバーウルフの爪って貴重な素材だよな？　そんなもの目にする機会はそうないし、失敗したら今日の生成は台無しだろ。いち見習いがどうやって加工するのか見せてくれないか」

「……！」

優しい先輩の顔から発せられた棘を含んだ物言いに、駆け出しかけた私の足は急に重くなり動かなくなってしまった。

気が弱い自分をやめたいのに、顔を上げるのが怖くて息が詰まる。

そこを空けてください、とキッパリ言いたいのに、口が動かない。

言わなきゃ。自分でなんとかすると言ったのだもの。でも、皆の視線が私に向いている。そう思ったら、ますます体が固まってしまった。

そんな私の肩に手をかけてくださったのは、レイナルド様だった。

「先を空けてやってくれるか」

「レ、レイナルド殿下……！」

真っ青になったデイモンさんに向けて、レイナルド様はぴしゃりと告げる。

「確かに君が言う通り、俺の友人はいち見習いにすぎない。しかし、宮廷錬金術師のローナ・カニングが今日のサポートに指名した人間だ」

「！」

その言葉は、デイモンさんがたった今敵対している相手を暗に示すもので。

厳しい言葉を向けられたデイモンさんだけでなく、周囲の先輩方にも緊迫して息を呑《の》むような空気が広がっていく。

「ご、誤解です。私はそのような意味で言ったわけでは」

「じゃあどういう意味だ」

レイナルド様は一歩も引かない。

きっと、錬金術は時間との戦いでもあるとよく理解されているからだと思う。

錬金術は同じ素材を使っても室温などの条件次第で仕上がりが変わる。

だから私も研究ノートにメモを取る。一度成功したら、次のときも同じ条件で成功させられるように。

扉の前でのこの揉《も》め事はローナさんの耳にも届いたらしい。

「あーもう。何を喧嘩《けんか》しているのかしら？　デイモン君、邪魔をするなら外に行ってくれないかな？　今、貴重な素材を使った生成の最中だってわかるよね？」

「も、申し訳」

レイナルド様とローナさんの二人に厳しい目を向けられて目を泳がせるデイモンさんの前、私はゆっくりと深呼吸をする。

味方がいるのだと思うと、息が吸えた。

「あの……！　や、やっぱり大丈夫です。そんなにご心配なのでしたら、ここで加工します
……！」

「……フィーネ？」

レイナルド様が不思議そうにしている。

きっと私が皆の前で緊張することを想定して、別室で加工できるように口添えをしてくださっていたのだと思う。

それに笑みで応じた私は、ローナさんのアトリエの棚から早速必要な道具を集め始めた。

もちろん私が今から使うのは魔法だけれど、そうではないように見せかける必要があるから。

魔法の存在を信じているのは、ここにいる人間の中ではレイナルド様ぐらいのもの。

だったら、魔法を錬金術に見せるのは容易《たやす》い。

とにかく、今回はレイナルド様がとても心配してくださっている。

もしかしたら、これからも同じようなことが起こる可能性もある。そうなったときにずっと守られているのは嫌。

私は、自分の力で見返せるようになりたい。

棚から小さなナイフと布を取り出した私は、アトリエの隅に置かれた小さな補助用の作業机に布を敷き、その上にシルバーウルフの爪を置いた。

そしてなるべく魔力を抑え、唇を動かさないようにしてできる限りの小声で呪文を唱える。

「幻影《イリュージョ》」

けれど、そこでは何も起こらない。ううん、この部屋の中の皆には何も起こっていないように見えるだけなのだけれど。

この幻影の魔法は、この前図書館の光魔法の魔法書を読んで覚えたもの。

目的だった『素材を蘇らせる魔法の呪文』に加え、偶然見つけて覚えたのが役に立った。

「変色した部分を削るのか。あれ、難しそうだな」

「魔力を流して使えそうな部分を探りながら加工するやつか。俺も見習いのときに散々やって師匠に怒られたな。今でも苦手だけどシルバーウルフの爪なんてレアな素材じゃない限り、新しいのを持ってくるよ」

ギャラリーからそんな囁きが聞こえる。

皆には私がナイフを握っているように見えているはずだった。

でも実際には違う。皆に見えているのは、幻影という魔法で作られたまやかしなのだ。

この魔法は使い慣れていないから、いつまでもつのかわからない。すぐに、このシルバーウルフの爪を魔法で加工しなきゃ……!

「復活《レスタウラティオ》」

さっきよりもさらに小声でふたつ目の呪文を唱える。皆があまり見ないようにしてくれているのがありがたい。

理由は、目の前でレイナルド様が私を守るようにどーんと立ちはだかっているからなのだけれど……!

私だけに見える世界では、布の上に置かれたシルバーウルフの爪が雲母のように細かくて繊細な光を帯びていく。

光で覆われた部分は、この素材の時間をくるくると巻き戻す。

みるみるうちに、茶色く変色していた爪の端の色が薄くなり、白く戻った。

生成を始める前、準備をしながらローナさんに見せてもらったときの艶やかな質感がそこにあった。

よかった、上手《うま》くいったみたい……！

加工の成功を確認した私は、布の端に置いてあったナイフをそっと持ち直して幻影魔法を解く。

すると、変色していないシルバーウルフの爪が現れた。

きっと、皆には私がこの爪を削ってきれいに加工したように見えていると思う。

冷静になってみると、皆の前で魔法を使うなんて大それたことをしてしまった気がする……。

ナイフで変色した部分を削ることもできなくはなかった。

けれど、それでは素材の質が変わってしまう。ローナさんの研究を最善の形でサポートできたことにはならないし、何よりもこの魔法道具は完成しない。

加工を終えた私は、恐る恐る顔を上げた。

レイナルド様はギャラリーのほうを見ていてまだ気がついていない。

チラチラとレイナルド様の目を盗んでこちらの様子を窺《うかが》っていたいくつかの目が、さまようのをやめて瞬く。

「すげー、ほとんど元通りじゃん」

アトリエには、何の含意もないクライド様の声だけが響いた。

と思ったら、一瞬視界が白くなる。あれ。

白さは瞬《まばた》きでは終わらずに、眩暈《めまい》までしてきた。

無邪気に私の加工を褒めてくださるクライド様の声が遠ざかる感じがする。

急に身体から力が抜けて、立っていられない。

そうだ……！　すっかり忘れていたけれど、これは光魔法なのでした！

前に、アトリエで光魔法を使ってみたときのことを思い出す。

光魔法は特別な魔力の消費の仕方をするもののようで、私はあのとき、顔色が真っ青になってしまったのだ。

きっと、今の私はそのときと同じような顔をしているだろう。

加えて、皆の注目がこちらに集まりつつあることにも気がつく。

どうしよう。ドキドキして呼吸が速くなっていく。

そんな私を救ってくださったのは、意外な方だった。

「……これを」

あまりの身体の重さに耐えきれず作業机に手をついた私に、椅子が差し出された。

視点がなかなか定まらない中、ゆっくりとその腕を辿って顔を見ると、そこには気まずそうな顔をしたデイモンさんがいらっしゃった。

「あの、デイモン、さん……？」

「すごいな。難しい加工を一回で……。随分修業してきたんだろう」

「あの、いえ、あの、あの、」

「悪かったよ。何のことかわからないと思うが……本当にすまなかった。この言葉だけは受け取ってほしい」

「……！」

このアトリエにいる皆は、きっと「別室で加工したい」と言った私を引き止めたことへの謝罪と受け取っていると思う。

けれど、私にはわかる。

これは保管庫に閉じ込めたことへの謝罪だ。

不思議と怒りは湧かない。

そんなことよりも、同じ錬金術師としての力を認めてもらえたことの喜びのほうが大きくて、私の頬は緩む。

そのうちに、デイモンさんの後ろの同僚の皆様は青白くなった私の顔に気がついて、少しずつざわざわし始めた。

「あの子の顔……魔力が少ないのか」

「だよね。だってアカデミーにいなかったもん。魔力に恵まれた貴族の出じゃないんでしょ。そもそも、平民だったら魔力持ちってこと自体珍しいし」

「魔力が少なくてもあんな加工を……!?」

「ローナさんのサポートに指名されるのは当たり前だな。誰だよ、無視しようって言ったの」

いろいろな勘違いが組み合わさって、なぜか私を称賛する声が広がっていく。

待ってどうしてなの……！

予想外すぎる事態に椅子に座ったまま表情をこわばらせた私へ、レイナルド様が振り返って誇らしげな笑みを見せた。

「同じ錬金術師だ。フィーネにどんな知識と技量と経験があるのかは、言葉を尽くすよりもたったひと目見せるほうが圧倒的だったな」

「……レイナルド様……」

「これ、渡してくる」

そうして、加工を終えたばかりのシルバーウルフの爪を、生成中のローナさんのところまで届けてくれた。

ありがたい、と力の入らない足を恨めしく見つめる私に、数歩で戻ったレイナルド様は紫色のリボンが巻かれた小瓶を取り出す。

「フィーネ、これを」

「……!?」

「持ち歩いてたのかよ」

すかさず入れられたクライド様の突っ込みとともに現れたのは、魔力を回復させるポーションだった。

厳密に言うと、私のこれは魔力切れではない。魔力が猛スピードで消費されたため、一時的にフラついているだけだ。

魔力量に優れた人間なら、きっと使い慣れればこんな症状は出にくくなる。

けれど、皆の視線が私に集まっている。

この場を切り抜けるために、私は紫色のリボンが巻かれた小瓶に入ったポーションをごくごくと飲んだ。この一本のお値段は、私の一か月分のお給金と同じぐらいかもしれない……。

「！　あ、おいしいです」

「俺が生成したポーション、フィーネが飲むのは初めてか」

「……!?　レイナルド様が!?」

私の驚きの声とともにこの部屋がさらにざわついたのは気がつかなかったことにしたい。

最後に加える予定だった素材・シルバーウルフの爪の準備ができたので、メインの作業机ではローナさんの生成が終盤に差し掛かっている。

魔法道具を形作る砂が魔力に煌《きら》めいて、幻想的な光景を生み出していた。

やっぱり、錬金術ってきれい……！

皆に交ざってぼうっとそれを見つめる私に、レイナルド様がそっと耳打ちをしてくる。

「フィーネ。さっきまで何か生成してた？」

「……！」

レイナルド様は、本来私がこれくらいでは魔力切れを起こさないことを知っている。

だから不思議に思っているのだろう。

けれど、何と答えるべきなのか思い浮かばなくて。

優しくも何かを探るようなレイナルド様の視線に捉われないようにしながら、私は無言で微笑んだのだった。

いろいろなことがあったけれど、私が初めてサポートを頼まれたローナさんの新しい魔法道具は無事に完成した。

翌日、私は一番にその『浮遊式の踏み台』を使って棚の高いところから素材を取る権利を得られた。

最初だけ少し怖かったけれど、乗り心地は抜群に良かった。細かいところまで研究を重ねたローナさんの試作品に関われたことが本当に幸せ。

ちなみにミア様は私から踏み台を奪うと、とても楽しそうに乗りこなしていらっしゃった。

とにかく、その適応力の高さを見習いたい。

世界で唯一の魔法使いは、宮廷錬金術師として幸せになります ※本当の力は秘密です!

Episode.5

第五章

秘密の夜

かつて、スウィントン魔法伯家の別荘があった街・スティナ。

避暑地として知られるそこは、美しい湖の周りに王家や有力貴族の別荘が立ち並んでいる。

湖のそばには、湖面に映るお城が。森の中には、樹々《きぎ》がつくるトンネルの先に現れるおとぎ話のような別荘が。

それにしても。

王都とは違った歴史を感じさせる風景の中で過ごす夏の日は、私にとって本当に大切な思い出。

「まさか、ここでパーティーに参加するなんて……」

明日着る予定のドレスを見つめながら私は肩を落とす。

淡いブルーの布地に丁寧なバラの刺繍《ししゅう》がほどこされたこのドレスは、お兄様の婚約者・エメライン様が私のために選んでくださったもの。

見ているだけでため息が出そうに素敵なドレスだけれど、私の憂鬱《ゆううつ》は違うところから来ていた。

婚約者の別邸で、私の心配を見透かしたお兄様は優しい微笑《ほほえ》みを向けてくる。

「大丈夫だ。縁談の話はきちんとした形で断りを入れている。あのレイナルド殿下がマナーを無視した振る舞いをするはずがないだろう」

「……もちろんそうとは思うのですけれど、お兄様……」

明日はお兄様とモーガン子爵家のご令嬢・エメライン様の結婚式。

没落したとはいえ、旧スウィントン魔法伯家は歴史ある名門だった。

お兄様の結婚式に関しても、当然のように王族へ招待状が送られ、なぜか王太子であるレイナルド様がお出ましになるというお返事が届いてしまったらしい。

どうしてなの……！

私は子どもの頃にこの街でレイナルド様と会っているのだ。

ううん、〝会っている〟というのは大げさ。

けれど、印象的な形でお互いを記憶してしまっている。

もちろんレイナルド様はあれが私だなんて思っていない。

魔法で救ってくれた『精霊』と勘違いしておいでなのがせめてもの救いだった。

それに、縁談をお断りした私とレイナルド様が言葉を交わすことはないはずなのだけれど。

「スティナの街、というのも少し気がかりで……」

「何だ。他にもまだ心配事があるのか？」

「！　いいえ、何でもありませんわ」

喋《しゃべ》りすぎたことに気がついた私は、慌てて笑顔を浮かべる。

お兄様にあの日――湖に落ちたレイナルド様を魔法で救った話、をしたことはなかった。

だって、魔法を使えることはお兄様と私だけの秘密なのだから。

外で勝手に魔法を使ったなんて話したら、心配させてしまう。

「フィオナ。あまり浮かない顔をするな。明日は私の結婚式なんだぞ？」

「！　そうでしたわ。お兄様、心からおめでとうございます！」

何のためにこの街へやってきたのか、本来の目的を思い出した私にお兄様は優しく続ける。

「エメラインがフィオナとゆっくり話がしたいと。お前が忙しいから、ここまで時間が取れなかっただろう？」

「ええ。私も、お兄様の支えになってくださる方にきちんとご挨拶をしたいです」

「……王宮でメイドとして働くようになって、フィオナは随分しっかりしたな」

「ふふっ。王宮にいる私はフィオナではなくてフィーネなのですけれどね」

お兄様から久しぶりに褒めてもらって、さっきまでの不安が消えていく。

スウィントン魔法伯家と私のためにずっと頑張ってきたお兄様。

幸せそうなお兄様を前に、私もつい頬《ほお》が緩んでしまう。

お兄様にこんな顔をさせるエメライン様。早くお会いしてみたい……！


その日の夕食は、お兄様の婚約者・エメライン様が私を招待してくださった。

メインダイニングでの食事には珍しい丸テーブルに、エメライン様とお兄様、そして私。

エメライン様は、お兄様に聞いていた通りとても美しいお方。

ほんの少し、ラズベリーのような赤みを帯びた茶色い髪に、スティナの湖の色のような瞳が印象的だった。

「フィオナさんは王都でお勤めをされていらっしゃるのよね？　もしお困りだったら、モーガン子爵家に一緒に来てくだされればいいのに」

「い、いいえ、そんな……！」

「私、きょうだいがいないのよ。フィオナさんが来てくださったらとてもうれしいわ。お仕事がしたいならきっと力になれるわ。ねっ、そうしましょう？」

「ですが、あの……！」

お兄様に迷惑をかけるわけにはいかないし、何よりも自立したいのです……！

とはさすがに言えず、私はたじたじになっていた。

エメライン様はお美しいだけではなく、明るくてくるくると変わる表情が本当にかわいらしい。

お兄様と同じ歳《とし》という話だけれど、アカデミーの友人と話しているような気持ちになってしまう。

とにかく、お兄様と結婚される方が素敵な方で本当によかった。

しかし、それとこれとは話が別だった。

モーガン子爵家へ私も一緒に、というのはありがたいお誘いだけれど、ここはきっぱりお断りしないといけない。

私はお皿のスープをすくっていた手を止め、スプーンを置く。

「エメラインお義姉様《ねえさま》。だ、大丈夫ですわ。私、王都での暮らしがとても楽しくて……」

けれど、私の言葉は意図とは違った形でエメライン様のお気に召したようで。

「……お義姉様……！　ハロルド様、お聞きになりました!?　フィオナさんが私をお義姉様、と……！」

「エメライン。その辺で勘弁してやってくれないか」

「まぁ。私、フィオナさんを困らせてしまったかしら？　ごめんなさい……！」

「いいや、フィオナは喜んでいるよ。ただ、本当に王都での自立した暮らしが充実しているようでね」

「まぁ……！」

ますます目を輝かせてはしゃぐエメライン様。

それを諭すお兄様の表情と声色は、びっくりするほど優しい。

なんとなく二人のやりとりをもっと見たくなって、私は口を挟まずに見守ることにする。

「それに、私もエメラインとの二人の暮らしを楽しみたいな。せっかく私たちのための別邸が建つんだ。そこで君と二人で暮らしたい」

「いえ……ハロルド様。そんな風に……とてもうれしいですわ……」

とっても甘い会話を交わす二人に、私のほうが恥ずかしくなってしまう。

もちろん、私にだってお兄様はいつも優しかった。

けれど、それとはどこか違う感じがする。

モーガン子爵家からの縁談の話があった時、お兄様は二つ返事で快諾していた。

もしかしたら、お兄様とエメライン様は以前からこんな関係だったのかもしれない。

優しくて穏やかなのに、そこには特別な愛情があるのだとひと目でわかってしまうこの表情。

……けれど、こんな表情の方を最近見たような。どこでだったのかな。

お兄様とエメライン様との間に流れる甘い甘い空気に耐え切れなくなった私は、スプーンを持ち直してスープをすくう。

モーガン子爵家のシェフが今日のディナーに選んでくださったのは、そら豆のスープ。

きれいなそら豆色に、アクセントで色鮮やかなビーツのムースが添えてある。

こんなに見た目にも美しいスープ、レイナルド様が見たらきっと一緒に喜んでくださる気がする。

ここにいらっしゃったらよかったのに。

その、レイナルド様のお顔を想像した私はハッとした。

疑いようのない柔らかく温かい視線。少しだけ紅潮して見える頬。優しくて、少し甘い感じがする声。

……あれ。

ううん、あの表情はお見合いのときに『フィオナ』に向けられたものだったはず。

だから、この関係はもう進みようがない。

そう理解しているはずなのに、お兄様とエメライン様を交互に見つめた私は、どうしても違和感が拭《ぬぐ》えなかった。

「フィオナ。大丈夫か？　どうした、ぼーっとして」

「フィオナさん、ごめんなさい！　ハロルド様とお会いできるのが久しぶりで、うれしくって関係ないお話をしてしまいましたわ……！」

「久しぶりって……三日前にも会ったばかりじゃないか。しかし、実は私も同じことを思っていた」

「ハロルド様……」

……この二人にかかると、私の存在なんて一瞬で消えてしまうみたい。

でも、エメライン様がお兄様のことを大切に想《おも》ってくださる方で本当によかった。くすくす笑いながら、私は最近のことを思い出す。

薄く雪が降り積もる中に佇《たたず》む、カラフルでかわいいアトリエ。

コーヒーのほろ苦い芳香と、ビーフシチューの匂い。微笑みながら私のお皿にパンをのせてくださるその人の、大きな手。私を見守ってくださる、優しい視線。

あれ……？

「ご、ごちそうさまです……！」

二度目の回想であることに気がついた私は、思わずがたんと音を立てて椅子から立ち上がった。目を丸くしたエメライン様とお兄様が聞いてくる。

「あら、メインのお料理がまだなのに、もうお腹がいっぱいなの……？」

「エメライン。フィオナはあまり食べることに興味がないんだ。それよりも勉強をしているほうが楽しいタイプで」

「まぁ。では、お腹がすいたらいつでも軽食を準備しますわ」

「い……いえ、あの、その、」

二人の気遣いに笑みを返した私は、深々と頭を下げて続ける。

「あ、ありがとうございます。エメラインお義姉様、兄のこと、どうぞよろしくお願いします」

そうして、豪奢《ごうしゃ》なダイニングルームを出て滞在先の客間へと向かう。

廊下を歩きながらも、胸の鼓動は収まってくれない。

二人のお邪魔になりたくないのはもちろんだけれど、重大なことに気がついてしまったみたい。

私――『フィーネ』に向けられるレイナルド様の視線は……この二人の間で交わされるものと同じだ、って。

次の日。お兄様とエメライン様の結婚式は無事に執り行われた。

そして今、私は午後から行われている盛大なパーティーの会場を所在なく彷徨《さまよ》っている。

管弦楽の演奏と、ダンスと、楽しそうな笑い声においしそうなお料理の匂い。そのすべてに酔ってしまいそうだけれど、なんとか踏ん張って立つ。

モーガン子爵家は国内でも有数の商会を持つ大富豪だ。

それだけにこの別邸も広く、大広間も目を見張るほどに煌《きら》びやか。

喜びに満ちた人々の笑顔と会場を彩る音楽の中を流れるように、私は気配を消していた。

「お兄様は私を気遣ってすぐに退出していいと言ってくださったけれど……そういうわけにもいかないもの」

旧スウィントン魔法伯家とモーガン子爵家に関わりのある方へはなんとかご挨拶を終えた。あとは目立たないようにして数時間を過ごすだけ……！

元引きこもりの私はこういう場所がとても苦手だけれど、王宮勤めをしているおかげで、認識阻害ポーションがなくても息苦しくなることはなくなった。

ジュースの入ったグラスを手に壁際へ移動した私は、美しくデザートが盛り付けられたビュッフェ台に目をつけた。

「そういえば、昨夜から何も食べていないんだった……」

前だったらそのことに気がつきすらしなかったと思う。

その思考の延長線上にレイナルド様を想像した私は、慌てて頭を振る。

昨日は眠れなかった。レイナルド様の優しさが特別なものかもしれないと思ったら、頭が冴《さ》えてどうしようもなかったのだ。

気を紛らわせてくれる研究もここにはなくて、ベッドの中でばたばたともがいていたら、いつの間にか朝だった。

おかげでいつもより顔色が悪いような……。

このパーティーにはレイナルド様も参加していらっしゃる。見つかったら心配されてしまうかもしれない。

と思ったけれど、今日の自分の見た目がフィオナだったと思い出した私は、ビュッフェ台のフルーツカクテルのグラスに伸ばしかけた手を引っ込めた。

「今日ぐらいはいいかな」

自分の行き着いた考えを否定したくて、私はレイナルド様たちと一緒にいるときとは真逆の行動をとることにした。

どこかさらに会場の隅にまで行ってパンでも齧《かじ》ろう、とデザートの隣にあるパンの台に視線を移したとき、聞き覚えのある声がした。

「――ウェンディ嬢。お父上と離れて行動をされてもよろしいのですか」

「……！」

聞きなれたその方のよそ行きの声に、私の動きは一時停止した。

私が食事を取ろうとしていることに気がついた給仕の方が寄ってきてくださって「どのパンをお取りしましょうか」と聞いてくれるけれど、口までが動かない。

でも、その二人の会話だけは耳から流れ込んでくる。

「――ふふふっ。大丈夫です！　父からはレイナルド殿下にエスコートしていただくようにと言われていますから」

「……それは。では、誰かほかの者を。私は一緒には過ごせませんから」

「そんなことよりも、こうしているとアカデミー時代を思い出しますね！　生徒会室で毎日のように一緒に過ごせたこと、私にとってはものすごく素敵な思い出ですわ」

いつもアトリエで聞いているのとは違う、畏《かしこ》まった声色に王太子殿下らしい話し方。

視線を向けると、それはレイナルド様と、彼へ無邪気に肩を寄せる一人のご令嬢だった。

レイナルド様はビュッフェ台を挟んでこちら側にいる私に気づいてくださったようだ。

心の中で悲鳴をあげたのは一瞬のこと、その視線は私の隣にいる給仕の方が持っているお皿に向いていることに気がついて、私は首を傾《かし》げた。

そこには味気ないバゲットの欠片《かけら》がひとつ。

「…………」

「…………」

私たちの間には不思議な沈黙が流れた。

ま、まずいような……!?

レイナルド様は、研究に夢中になるとパンしか食べない『フィーネ』の食生活をとても心配している。

フィオナとしては問題ないはずなのに、なんだかいけないことをしている気分になった私は、レイナルド様とは視線を合わせずに給仕の方にお願いした。

「あ、あの、向こうにあるサラダをいただいてもよろしいでしょうか……!」

「かしこまりました」

「あと、お肉の煮込みも頼む」

「!?」

なぜかレイナルド様が唐突に口を挟んだので、私と給仕の方は同時に目を瞬《しばたた》かせる。

コホン、という咳払《せきばら》いの後、レイナルド様は私に話しかけてきた。

「フィオナ・アナスタシア・スウィントン嬢。今日はおめでとうございます」

王太子殿下としての流れるような振る舞いに、私も気を取り直し膝を折って挨拶を返す。

「レイナルド殿下、ご無沙汰しております。この度は兄の結婚式にご参列くださりありがとうございます」

「兄上のご結婚もですが、モーガン子爵家との繋《つな》がりはスウィントン魔法伯家にとってもとても喜ばしいことだ」

「……お気遣いに感謝いたしますわ」

没落して消えたはずの家名を重んじてくださるレイナルド様に微笑むと、隣のご令嬢がひやりとした声色で聞いてくる。

「……スウィントン家のフィオナ様ね」

「サ、サイアーズ侯爵家のウェンディ様。おっ……お久しぶりです」

「噂《うわさ》ではレイナルド殿下とフィオナ様は特別なお友達と聞いていたのですが……そういうわけでもないのですね」

「！」

アカデミーで一学年下に在籍されていたウェンディ様のことは私も知っている。

けれど、この問いは直球すぎるにもほどがありませんか……！

どうしよう、と目を泳がせる私をスマートに助けてくださるのは、いつもレイナルド様。

今日だって変わらずにそうだった。

くすくすと上品に笑いながら、私とウェンディ様の間に入ってくださる。

「ウェンディ嬢。そういう質問は私にしていただけると助かります。さすがに、何度も振られたくはない」

「……えっ？　あの、それはつまり」

「そういうことです。お父上のところまで案内しましょう」

「レイナルド殿下」

目をぱちぱちと瞬かせているウェンディ様に腕を掴《つか》ませると、レイナルド様は振り返って軽く微笑んだ。

「フィオナ嬢。また」

「は……はい」

あまりにもあっさりとした邂逅《かいこう》に安堵《あんど》しながら、私は二人の後ろ姿を見送る。

この国の王子様と名門侯爵家のご令嬢でいらっしゃるウェンディ様。

二人はとってもお似合いで、思わず見とれてしまいそう。

――レイナルド様の『フィーネ』に対する優しさが特別なものだなんて、とんでもない勘違いだったのかもしれない。

冷や水を浴びせられたように冷静になると同時に、改めて普段どれだけの気遣いをしていただいているのかを理解する。

ぼうっと突っ立っている私に、戻ってきた給仕の方がお料理をのせたお皿を渡してくださった。

「どうぞ、お料理です」

「……あ、ありがとうございます……」

そこには、お肉の煮込みとサラダがきれいに盛り付けられていた。

あのアトリエで食べるものと変わらずにおいしいはずなのに、レイナルド様とウェンディ様の後ろ姿が脳裏をちらつく。

不思議と味気なく感じるそれを、私は頑張って飲み込んだのだった。


モーガン子爵家の別邸が持つ大広間はとても広い。

さすがに王城にあるようなものには及ばないけれど、たくさんの招待客がゆったりと立食パーティーを楽しみつつ、真ん中でダンスができるぐらいの贅沢《ぜいたく》さがある。

今日の主役であるお兄様とエメライン様が二人で踊った後、ほかの招待客の方々も少しずつそこに加わっていく。

その中にはレイナルド様の姿が見えた。

たくさんの人に囲まれていてよく見えないけれど、もしかしたら隣にはまだウェンディ様がいらっしゃって、これから二人は踊るのかもしれない。

アカデミー時代、頻繁に行われたパーティーでこんな光景を何度も見たことがあった気がするのに。

なぜか今日ばかりは心がざわざわするのを止められなくて、私は会場を出ることにした。


「モーガン子爵家の別邸のお庭って素敵……！」

この結婚式はスウィントン魔法伯家の没落に伴って急いで行われた。

だから、季節は冬。雪こそ積もってはいないけれど、大広間のテラスから出られる庭には何の花も咲いていない。

それでも中央には噴水が配置され周囲をベンチやフラワーアーチが彩っていて、穏やかな季節の華やかさが簡単に想像できた。

生垣の先には湖が覗《のぞ》き、その奥に王家の別邸にあたるお城が見える。

「湖……」

夕暮れの庭を見つめて、ぼうっと物思いに耽《ふけ》る。

子どもの頃の私は、水を龍に変える魔法を使ってあの湖に落ちたレイナルド様を助けたらしい。

もちろん覚えているけれど、あの男の子がレイナルド様だったなんて知らなかった。

どれぐらい、そんな風にしていたのだろう。

「――上着を持ってこさせましょう」

「！」

不意に投げかけられた声に私は肩を震わせる。

それは後ろ姿を見送ったはずのレイナルド様だった。

さっきまで大広間でたくさんの方々の中心にいたのに、どうして。

「そこの湖は夜になるとライトアップされます。そろそろじゃないかな。もし退屈されているのでしたら、一緒に見に行きませんか」

「あ、あの」

「たくさんの魔石を使って湖を彩るんだ。私も初めて見たときには感動しました」

「ま、魔石……!?」

魔石の明かりですか……！

断ろうと思ったのに、なぜか私の好みを把握しつくした誘い文句に思わず聞き返してしまう。

クライド様が教えたのかなと思いつつ、私は姿勢を正した。

「とてもありがたいお誘いですが、そんなに長い時間、レイナルド殿下を独り占めするわけには参りませんので」

「それは残念です。しかしまだここにいらっしゃるのでしたら、上着を」

「お……お気遣いだけ、ありがたく」

夕暮れの庭はあっという間に暗くなる。

私がここに足を踏み入れたときには空はまだ茜《あかね》色だったのに、今は深い藍色に包まれていた。

大広間から漏れる明かりで暗くはないけれど、空に輝く星がひとつふたつ、目に入った。

パーティーが続く大広間からはゆったりとしたワルツのメロディーが聞こえてくる。

外は寒いから、早くレイナルド様を室内にご案内しないと。

お風邪でも召されたら大変だし、事情を知るクライド様にきっと怒られる……！

そう思って挙動不審になった私に向かい、レイナルド様は胸に手を当て美しい礼をした。

「フィオナ・アナスタシア・スウィントン嬢。私と踊っていただけませんか？」

「わ、私でしょうか……？」

「はい。今日はあなたのお兄様の結婚式だ。幸せのおすそわけを、ぜひ私にも」

もし、レイナルド様が踊るなら、さっき隣にいらっしゃったウェンディ様のように名家のお嬢様がぴったりだと思っていた私は固まってしまう。

そこにいていいのはフィオナでもフィーネでもない。きっと、昨夜からのもやもやの答えの一部はここにある気がする。

けれど、今日だけは——『幸せのおすそわけを』なんて言われたら、断れるはずがなかった。

レイナルド様のはにかんだような微笑みを前に、差し出された手を取る。

「……私でよろしければ」

そうすると、ごく自然にレイナルド様のほうへ引き寄せられた。

大広間からこの庭まで流れてくるワルツの音楽に乗って、エメライン様が贈ってくださったバラの刺繍がほどこされたドレスの裾がふわりと広がる。

スウィントン魔法伯家でダンスはきちんと習ったけれど、長く引きこもっていた私が人前で踊るのはとても久しぶり。腕を掴んだ手が震えてしまう。

そんな私の緊張をほぐすように、レイナルド様は柔らかく微笑んだ。

「大切な友人の話をしてもいいですか」

「え、ええ……もちろんです」

大切な友人、という言葉にクライド様のお顔が思い浮かんで、いつものやりとりを思い出した私はふっと息を吐けた。

「王宮での身近な友人の話なのですが」

やっぱり、これはきっとクライド様のこと。

震えとドキドキが収まった私は、レイナルド様のリードにあわせてゆっくりとステップを踏んでいく。

「ええ。レイナルド殿下の普段のお話、ぜひお伺いしたいですわ」

「私には、とても頼りなく見える友人がいたのです」

「？」

違った。これは間違いなくクライド様のことじゃなかった。

全力で遠慮したい話題がまさに今はじまってしまった気がする。

安堵は束の間《つかのま》、誰についての話なのかを瞬時に察して言葉に詰まってしまう。

けれど、レイナルド様はそのまま続ける。

「いつも困った顔をして……でも、好きなことにはまっすぐで譲らない人なんです。だから、助けてあげたいと日頃から思っていました」

「……そ、そのようなことを気になさるなんて、レレレレイナルド殿下は本当にお優しいのですね？」

「本当に優しいのかはわかりませんよ。もしかしたら、その友人を自分のそばに留めおきたい、なんてずるい感情があったのかもしれません。たとえ友人でも、優秀な人間はそばに置いておきたい」

それは、このアルヴェール王国を担っていく王太子殿下としては当たり前のこと。

王宮内でのお仕事中、真剣な表情のレイナルド様を見かけることがある。それを思い出した私は、軽く頷《うなず》いた。

フィーネとレイナルド様は今は対等な友人になれたけれど、最初はそうではなかったのだから。

レイナルド様の腕を遠慮がちに掴んだ私のステップはぎこちない。

久しぶりだから……というのもあるけれど、半分以上はこの話題のせいだと思う。

申し訳なくて俯《うつむ》きかけると、背中にあてられた手に力がこもった。

「楽しいですね」

「？　わ、私もですわ」

「フィオナ嬢とこうして踊れるとは思ってもみませんでした」

「……わ、私もですわ……」

同じ答えしか出てこない。

私の返答にレイナルド様がくすくすと笑っている気がする。

こんなに近くにいるのに気配しかわからないのは、しっかりお顔が見られないから。

けれど、レイナルド様はそんなことは全然気にされていないご様子だった。

「最近では、もしかしたら、その友人に追い越される日がくるのかもしれない、と少し焦っています」

「？　そ、そんな」

そんなことあるはずがない。一体、何がどうなってそんな考えになったのですか……！

思わず大きな声をあげてしまったことに気がついた私は、慌てて口を紡《つぐ》んだ。

でも、レイナルド様は楽しげながらもしっかりと言葉を紡ぐ。

「先を走って友人を導いていたつもりが、彼女に頼りきりなのは私のほうだったのかもしれない」

「そんなことありませんわ。わ、私はそのご友人のことは存じ上げませんが……レイナルド殿下は特別に優秀で人望も厚くていらっしゃいます。きっと、そのご友人もレイナルド殿下を目標にされているのでは、と」

ちなみに、憧れではあるものの目標にまではできていませんけれど……！

レイナルド様は音楽に合わせて自然な仕草で私をくるりと回す。

心の中で「わぁ」と声をあげかけたものの、なんとか踏ん張るとレイナルド様の腕の中で視線がぶつかった。

いつも、特別な魔石のアクアマリンのように見える瞳。こんなに近くにいるのは、初めてのことのような気がする。

本当ならさらに緊張するところだったけれど、ダンスの途中という高揚感でふふっと笑ってしまう。

そうしたら、レイナルド様はいつも『フィーネ』の前でする、子どものような笑顔を見せてくださった。

「本当に才能がある人間は一歩踏み出してしまえばすぐ先へ進んでしまいます。そんなことは当然のはずなのに、私はすっかり忘れていた。いつまでもそばにいたいからだ」

「あ、あの……その方はご友人、なのですよね」

「……ああ。大切な友人です。そして、今、友人の話にかこつけてしようとしたのは、私の決意です」

「決意……？」

「はい」

さっきまで笑っていたとは思えない、意志を感じさせる声色にステップを踏んでいた足が止まった。

私たちの重なった手はさらりと繋がれている。ぴったりとくっついているはずなのに、些細《ささい》な動揺も伝わってこない。

一呼吸置いてから、私たちはまた踊り始めた。

音楽に合わせて、庭園の真ん中に設《しつら》えられた噴水の周りをくるくると回る。

レイナルド様の『決意』はまだ紡がれない。

続いていた会話を置いてきぼりにしてワルツは続いていく。

「……フィオナ嬢には華やかなドレスがよくお似合いですね」

「わ、私にはもったいないお言葉ですわ」

今日、私が着ているのは『薬草園メイドで宮廷錬金術師見習いのフィーネ』は絶対に着ない花柄のドレス。

貴族的な褒め言葉に笑みを返すと、レイナルド様は告げてくる。

「たとえどんな格好をしていても、私はあなたを美しいと思います。それは内側から滲《にじ》み出るものだ。飾り立てたからではない」

「そ、そんな……!?」

きっと私の顔は真っ赤だと思う。

けれど、疑問すぎる。

これまでに『フィオナ』がレイナルド様に内面を晒《さら》すような出来事はあったのかな。

私たちの関わりといえば、せいぜいアカデミーで何度かご挨拶をして言葉を交わしたことがある程度なのだ。

確かに、スウィントン魔法伯家の没落が決まってからは、レイナルド様はジュリア様やドロシー様との仲を取り持ってくださったし、一緒にお出かけをしたこともある。

けれど、どれもただ私がレイナルド様の優しさを知るだけの関係だった。

『内側から滲み出る美しさ』なんて分不相応で大それた賞賛を受ける意味がわかりません……!

レイナルド様は、ステップを踏みながらも絶句した私の手をさらにぎゅっと握る。些細なことなのに、心臓が跳ねた。

「もしその友人が正当な評価を得て私のもとを離れていくことになっても、ずっと支えて応援したいと思っています。いつか、私の庇護《ひご》など必要がなくなっても、努力をしてそばにいると。そして、自分も対等に話せる人間でいると」

それはまるで、私に話しかけているというよりは自分に言い聞かせているようで。

恐らくこれが、レイナルド様が仰《おっしゃ》る決意なのだ。

レイナルド様は『フィーネ』をとても評価してくださっているということだけはわかったけれど……。

何を言えばいいのか、フィオナとしての正しい答えがわからなくて、私は何も返せないまま踊り続ける。

レイナルド様も答えを求めてはいないようだった。すぐに空気が緩んでから、他愛《たわい》のない会話に切り変わる。

「フィオナ嬢はここにはいつまで滞在を？」

「冬の間はずっとここにおりますわ。モーガン子爵家のご招待で、自由に過ごさせていただく予定です」

これは、万一に備えてお兄様と相談して決めてあった答え。

今回、スティナの街に来るため『薬草園メイドで見習い錬金術師のフィーネ』は数日間の休暇をとってある。

お兄様には何通か手紙を預けてあって、私が王都へ戻った後にレイナルド殿下宛てに出してもらう予定になっていた。

ダンスのお礼を書き足さないと。簡単だけれど、アリバイのようなものだ。

このことを思い出したら、なんとか忘れていたはずの昨夜のお兄様とエメライン様の甘いやりとりが脳裏に蘇《よみがえ》る。

レイナルド様の『フィーネ』への優しさは少し特別なものだ、という予感。

でも、ウェンディ様とレイナルド様が並んでいるのを見て、私の勘違いだったと納得したはずなのに……！

気がついたら、大広間からワルツは聞こえなくなっていた。ダンスは終わったのだ。

「……食事はおいしかったですか？」

「……え？　も、申し訳ございません。もう一度」

考え事をしていたせいで投げかけられた問いを聞き逃してしまった。

けれど、レイナルド様は気分を悪くされた様子もなく優しく微笑んでくださる。

「いえ。何でもありません。日が落ちてさらに寒くなります。屋内へ戻りましょう」

一曲を踊り終えた私たちは、手を離して軽く礼をした。

私を案内するために背を向けたレイナルド様を、一歩引いて見つめる。

踊りながらレイナルド様がしてくださったのは、間違いなく『フィーネ』の話だ。

でも、どうしてレイナルド様は私にそんな話をしたのかな。

決意の前に告げられた内容と合わせて考えてみる。

フィオナとフィーネが親戚だから？　ううん、もしそれが理由だったら具体的な名前を出すはず。

ふと、さっきのビュッフェ台前でのやりとりを思い出した。

パンひと欠片がのったお皿に微妙な顔をし、お肉も盛ってくれと口を挟んだレイナルド様。

もしかして、レイナルド様は……私が『フィーネ』だと気づいている……？

そういえば、私は王妃陛下からの依頼で認識阻害ポーションを生成したことがある。

クライド様が協力してくださるから危ういと思ったことはなかったけれど、どうして思い至らなかったのだろう。

アトリエで錬金術に夢中になるレイナルド様は私の友人だけれど、一歩外に出れば頭脳明晰《めいせき》で聡《そう》明《めい》な王太子殿下だ。

すべてのことに気がついた上で私の嘘《うそ》に付き合うぐらい、きっと訳ない。

「フィオナ嬢?」

私がついてこないことを不思議に思ったらしいレイナルド様が、数歩先で手を差し出してくださっている。

フィオナの名前を呼び、節度を持って礼儀正しく接してくださる姿は『レイナルド殿下』で。

だから私もフィオナとして応じる。

「ただいま参りますわ」

「やはり上着を持ってこさせましょう」

「だ、大丈夫ですわ。中は暖かいですから」

今は何もわからない。

けれど、これだけは確信を持って言える。

――私がレイナルド様を置いていくことなんて、絶対にありえない。

だって、内気な私を引き上げてくださる、雲の上のお方だもの。

さっきまでのダンスの余韻が収まらなかった私は、こっそり上着を羽織るとモーガン子爵家別邸の敷地を出た。

冷たい風が火照った頬を撫《な》でていくのが気持ちいい。そんなことを思いながら、裏の門をくぐってすぐそこの湖を目指す。

屋敷の庭園から見えただけあって、湖は本当に近くにあった。

「わぁ……なんて美しいの」

すっかり薄暗くなった湖面には、色とりどりの光が浮かんでいる。

レイナルド様が教えてくださった通り、湖は絢爛《けんらん》にライトアップされていた。

周囲には、この景色を見に来たと思われる人々の姿が見える。

湖を彩る光は淡いものから眩《まばゆ》いものまで多種多様。白、青、水色の三色が水辺の景色になじんで、ゆらゆらと水面を照らしている。とてもきれいだった。

湖畔にはカフェスタンドが出ていて、食事を楽しんでいる人もいる。

想像とは違った賑《にぎ》わいに、私は目を瞬いた。

「すごいわ……。まるでお祭りみたい！」

フィオナとしては一緒に来られなかったけれど、フィーネとしてレイナルド様やクライド様とここへ来たら絶対に楽しかったのに。

……と思ったところで、さっきの違和感を思い出す。

もしレイナルド様が私の正体にお気づきなのだったら……それはいつから？

クライド様が伝えることはないと思う。

つまり、私は自分で何らかのミスを犯していたのだ。

でも、いつ気がついたのかがわからないほどに、レイナルド様はずっと『フィーネ』の味方でいてくださる。

だから、本当はショックなはずの気づきだったのに私は意外と落ち着いていた。

こんな日が来るかもしれないと思っていたもの。

でも、まだ確信はない。

湖を彩る美しい魔石の光をぼうっと眺めた私は、ため息をついた。

「エディ！　エディ！」

「!?」

突然響き渡った鬼気迫る叫び声に、身体が凍りつく。

慌ててそちらを振り向くと、必死で誰かを探す女性がいた。

「ど、どうかなさったのですか……？」

「子どもがいないの！　もしかして、湖に落ちたのかもしれないわ！　エディ……！」

女性は、そう叫びながら桟橋の方へ走っていく。

子どもが落ちたかもしれない、って。

——冬の、この冷たい湖に？

その先を想像して背筋がヒヤリとした瞬間、別の大声が聞こえた。

「あそこだ！　マフラーが浮いてる！」

桟橋の先、湖面には白っぽいものが浮いているのが見えた。

この湖は魔石でライトアップされているけれど、桟橋の近くに明かりは何もない。

皆がライトアップに注目していたとしたら、子どもが湖に落ちても気がつかない可能性がある。

「エディ！　あっちだわ！　……エディ！」

誰かが明かりを灯《とも》すと、沈んでいく手が見えた。女性はひときわ大きな悲鳴をあげ、湖に飛び込もうとしている。

助けを。そう思ったら、迷っている暇はなかった。

私は手が見えた湖面に意識を集中させ、唱える。

「湖の水流よ、落ちた子どもを岸に運べ《アクアム・ポルタント・プエリ》」

子どもの頃のように水龍に似たものが現れたら一大事なので、水流にした。

コポコポと水の音が聞こえ始めてひと呼吸後、轟音《ごうおん》をあげて子どもが溺れている場所から大きな水柱が立ち昇った。

「な、なんだこれは!?」

「こんな水柱、どこから……もしかして、落ちた子どもが巻き込まれたんじゃないか!?」

「エ……エディ!?」

湖から突然飛沫《しぶき》を上げて湧き出た水柱の天辺《てっぺん》には、赤い服を着た男の子の姿が見える。

そのまま、水はくるくると螺旋《らせん》状の流れを作ると男の子を包んで近くの岸辺へと下ろした。

「水に戻れ《レディレ・アド・アクアム》」

小声で唱えると、水柱は一瞬にして崩壊する。

ざあっと大きな音を立てて周辺一帯が水に呑《の》まれた後、波は引いていく。

巨大な水柱の名残りはどこにも無くなって、今度は騒然とした大人たちの怒鳴り声が響いた。

「今のは何だよ!?」

「そんなことよりも男の子だ！　息をしているか!?　誰か火をおこす魔石とブランケットを！　燃やせるもんがあったら何でも持ってこい！」

「……ママぁ…………」

「エディ!?　意識があるわ！　エディ！」

その中に、気になる言葉が聞こえた。

「医者を呼んでくる！　先生は今日、うちの薬屋に来てんだ！」

……薬屋。

「あの！」

「何だよ！　急いでんだこっちは！」

駆け出した男性を引き止めた私は、上着にしのばせてあった上級ポーションを取り出した。

顔を隠すように俯いて上着の襟部分に顔を埋《うず》める。

そして、特別に透き通ったポーションが入ったその小瓶を手渡した。

「このポーションをあの子に使ってください」

「……これは!?」

男の人の顔色が一瞬にして変わる。

レイナルド様のような鑑定スキルの持ち主は滅多に存在しない。

けれど、この人はポーションを扱う薬屋だ。

ポーションのレベルは見えなくても、この透き通ったポーションがどんなものなのかはわかるだろう。

私は小瓶の蓋《ふた》を開けると、中身を手の甲にわずかに垂らし口に含んだ。

そして重ねて告げる。

「この通り、毒などではありません。効果は保証します。早く、これをあの子に」

「……! わかった」

男の人は頷いてびしょ濡《ぬ》れの男の子の元へと走っていく。

それを見送りながら、やっと一息つけた気がする。

あのポーションは私が生成した特効薬と呼ばれる上級ポーションだ。

さすがに長く体を蝕《むしば》む病には効かないけれど、怪我《けが》の類《たぐい》ならどんなものでも簡単に治せるし体力も回復する。

冷たい湖に落ちたのがついさっきで今意識があるのなら、きっとあの男の子は大丈夫だろう。

「よかった……」

ホッとして顔を上げると、騒然とした湖畔には静寂が戻りつつあった。

魔石の明かりは水で湖岸に流されてしまったけれど、水面は穏やかにゆらゆらと揺れている。

「……今のは何だったんだ」

どこかから、唖然《あぜん》としたような誰かの呟《つぶや》きが聞こえてはたと我に返る。

いけない。早くここから去らなければ。

この世界から魔法は消えた。

かつて魔法があったことは事実だけれど、今このアルヴェール王国に魔法が存在するなんて、誰も思ってはいない。

だから、これはきっと「ただ不思議な出来事」として扱われるだけ。

そう信じて、私は気配を消してモーガン子爵家の別邸まで早足で戻った。

そういえば、子どもの頃、湖に落ちた男の子――レイナルド様に魔法を使った後も、こうして別荘まで走ったんだっけ。

懐かしい思い出に、少しだけ浸りながら。

――そんな私の姿をレイナルド様が見ていたことを知るのは、ずっとずっと先の話になる。


その少し前のこと。

結婚式へ参列するためにスティナの街へ到着したレイナルドは、王家の別邸の私室で身支度を済ませ、鏡を見つめていた。

今日、フィオナに会うことはわかりきっている。

(きっと、彼女は気まずそうな顔をするだろうな)

それは、レイナルドを振った決まりの悪さからくるものではなくて、王宮勤めで関わる人々に嘘をついているという罪悪感のせいだと容易に想像できた。

(自分の力だけで頑張りたい気持ちはよくわかるが……。フィーネの能力は既に認められつつある。ここまできたら、周囲にとっては身元を偽ったことなど些細なことにすぎない。気を病むぐらいなら、真実を明かしてほしい)

やりきれない想いを持て余しつつあるところで、扉が叩《たた》かれた。

「レイナルド殿下。本日の結婚式にはサイアーズ侯爵家のウェンディ様が参列しておいでです。それに関わりまして、サイアーズ侯からお手紙を預かっております」

「……その辺に置いておけ」

侍従が持つレタートレーをちらりと見ただけで、レイナルドは舌打ちしたい気分になる。

(面倒だな。今日はクライドがいない)

おそらく、サイアーズ侯からのこの手紙は、娘・ウェンディのエスコートを頼みたいという類のものだろう。

いつもならそれはクライドの基本任務に含まれていたが、生憎《あいにく》妹の誕生日会があるとかで、今日はいなかった。

となると自分が相手をするほかない。

いくらこういうことに興味がないと知られているレイナルドといえど、さすがに有力侯爵家の令嬢を一人で会場に放り出すわけにはいかないのだ。

レイナルドの様子をニコニコと見つめていた侍従は、いかにも胡散臭《うさんくさ》い様子で髭《ひげ》を撫でる。

彼は、レイナルドが物心ついた頃から身の回りの世話をしてくれている『じいや』だ。

「レイナルド殿下がわざわざこの街での結婚式にご出席なさるとは。意外でしたのぅ」

「……特別な理由はない。ただ、スウィントン魔法伯家はかつて我が国の名門だった。その家の善き日に、祝福を伝えに行くだけだ」

「ほほぅ」

「……行ってくる」

ほんの少し頬を染め、侍従を睨《にら》んだレイナルドは馬車に乗り、モーガン子爵家の別邸に向かったのだった。


懸念通り、会場ではウェンディのエスコートをする羽目になってしまった。

今日のメインイベントは結婚式とそのお祝いのパーティーである。

本来、レイナルドは目立つべきではなかったが、婚約者がいない王太子として知られる自分に注目が集まるのは仕方がないことだともわかっていた。

(彼女には申し訳ないが、適当なところでお父上に引き渡そう)

レイナルドの胸中を慮《おもんぱか》ることなく、ウェンディはがっしりと腕を掴んでくる。

「私、あまり馴染《なじ》みのない家の結婚式に参列するのに、気が進まなかったのです。でも、レイナルド殿下にエスコートしていただけるなんて夢のようです。わざわざ王都からここまで足を運んで本当によかったですわ」

「……歴史あるスウィントン魔法伯家は、私にとっては大切で重要な家です」

「え？　何か仰いましたか？」

「いいえ。向こうで何か飲み物をもらってきましょう」

「でしたら私も一緒に参ります」

「…………」

自分の腕を掴む違和感を引き連れながら会場を彷徨う。

その先に、会場の隅で気配を消しているフィオナを見つけた。

挨拶をするぐらいは許されるだろう、というか純粋にお祝いの言葉を伝えたかったレイナルドは、ウェンディをサイアーズ侯へ引き渡してビュッフェ台へと向かおうとしたのだが。

父にそばを離れないように言いつけられているらしいウェンディは、思ったよりも手強《てごわ》かった。

「ウェンディ嬢。お父上と離れて行動をされてもよろしいのですか」

「ふふふっ。大丈夫です！　父からはレイナルド殿下にエスコートしていただくようにと言われていますから」

そうして、招待客としてフィオナにお祝いを伝えた後もウェンディはフィオナへの刺々《とげとげ》しい言動を改めない。

(この場を離れたほうがよさそうだ)

フィオナが少しずつ強くなっていることはレイナルドも認めているところだったが、この敵対心全開のウェンディは何を言い出すかわからない。

それを咎《とが》めればいいだけの話だが、一瞬でもフィオナに嫌な思いをさせたくなかった。

(クライドがいたら過保護だと言われそうだな)

この前、王宮の工房ではひと悶着《もんちゃく》があった。

それは頭角を表し始めたフィーネへの妬《ねた》みによるものだったが、彼女は胸がすくほどの正攻法で驚くほど鮮やかに雑音を黙らせてみせた。

フィーネが持つ巧みな技術に感嘆を覚えただけでなく、何よりも本人にその自覚がないのが微笑ましかった。

彼女を見る周囲の目は一瞬にして違ったものになり、新たな地位を確立していくことになるのだろう。

頼りなさげに薬草園の畑に頭を突っ込んでいた頃を思い出すと、信じられない進化である。

ウェンディをサイアーズ侯のもとに案内しながら、レイナルドはため息をついた。

(いや。この場にいて気絶しないだけでなく、ふさわしい振る舞いをする彼女は……驚くほどの速さで立ち直っているんだろうな)

やっとのことでウェンディを撒《ま》いたレイナルドは、会場の中でもう一度フィオナの姿を探す。

(あれは)

隅を彷徨うのはフィオナだった。

なぜか庭園の方へ出ていくのが見えて、後を追う。

実は少し気になっていることがあったのだ。

さっき挨拶をしたとき、フィオナはほんの少し表情を曇らせていた気がする。

表面上はいつも通りの可憐《かれん》で上品な笑顔を見せてくれたが、違和感が拭えなかった。

(このスティナの街はかつてスウィントン魔法伯家の別邸があった場所だ。わざわざ結婚式の地にここを選んだことを考えても、きっと特別な街に違いない)

懐かしく思い出深い街に、思うところがあるのかもしれない。

そう思ったらどうしても放っておきたくなくて、後を追い声をかけた。

「――上着を持ってこさせましょう」

「!」

「そこの湖は夜になるとライトアップされます。そろそろじゃないかな。もし退屈されているのでしたら、一緒に見に行きませんか」

「あ、あの」

目を泳がせるフィオナは誘いには当然乗ってこない。思慮深いタイプだ。

それを知るだけに、悪戯《いたずら》心がのぞく。

「たくさんの魔石を使って湖を彩るんだ。私も初めて見たときには感動しました」

「ま、魔石……!?」

案の定、目を瞬かせて興味を示している。けれど、断られることまで含めて、レイナルドは織り込み済みだった。

その予想通り、フィオナは申し訳なさそうな表情を浮かべる。

「とてもありがたいお誘いですが、そんなに長い時間、レイナルド殿下を独り占めするわけには参りませんので」

「それは残念です。しかしまだここにいらっしゃるのでしたら、上着を」

「お……お気遣いだけ、ありがたく」

予想通りの答えを得たところで、大広間からワルツの音色が流れてくるのが聞こえた。

後を追ったのは、彼女が心配だったからだ。……しかし。

(……)

ほんの少し、自分の中に欲が覗いたことを認めたレイナルドは、ダメ元で聞いてみる。

「フィオナ・アナスタシア・スウィントン嬢。私と踊っていただけませんか？」

意外なことに、フィオナは手を取ってくれた。

そして、踊りながら他愛もない話をする。

そのうちに、この前、宮廷錬金術師の工房で周囲を実力で黙らせたフィーネの姿が思い浮かんだ。

(気弱に見えることもあるが……好きなことには臆さないんだな、彼女は)

立場にとらわれて立ち止まることがある自分がひどく恥ずかしく思えた。

その途端、本音が出ていたのだ。

——「自分も対等に話せる人間でいる」と。

当然、フィオナはぽかんとした顔をしていた。

(無理もない。唐突すぎて意味不明だ)

ダンスを終えたレイナルドはフィオナと離れて会場に戻った。

しかし、いつまで待っても遅れて戻ると思えたはずのフィオナの姿が見えない。

もう一度庭園を覗くと、上着を着て裏門を出ていく姿が見えた。

(……やっぱり見たかったのか)

思わず笑みがこぼれる。魔石のイルミネーションなんて、彼女がもっとも興味を示すところだろう。

一度誘って断られてしまったので一緒に行くことはできないが、それでもあの軽装では夜は寒い。

侍従に言いつけて暖かいストールを手配したレイナルドは言った。

「これを湖畔にいるフィオナ・アナスタシア・スウィントン嬢のところへ」

「む?　こう寒くては膝にきましてのぅ。なかなか動けないのです」

とぼけた顔の侍従にレイナルドは頰を引き攣《つ》らせる。

(いつもキビキビと動いて、そんなそぶりを見せたことはないだろう……!?)

じいやは若い頃、腕の立つ騎士だったらしい。

レイナルドの剣の師でさえも頭の上がらない存在だ。

今でも毎朝準備体操がわりのランニングと訓練を欠かさない爺《じじい》の、とぼけた演技が憎たらしすぎる。

「では誰か別の者に」

「生憎、手の空いている人間がいなそうですのぅ」

「……俺に自分で行けと？」

「大切なお友達なのでしょう。距離をとることも優しさですが、それだけでは何も伝わりませんからねぇ。爺《じい》はレイナルド殿下の味方です」

「…………」

何を言っているのかわかりたくないほどに、見透かされているらしい。

(まぁ、俺が彼女に未練を持っているように見えるのだろうな)

彼女を好きなことは認めるが、彼女自身がフィオナをいないことにしたいのならそれでもいい。

──断られたのにもう一度声をかけてフィオナに引かれる可能性と、彼女が冬の夜風にさらされて風邪をひく可能性を天秤《てんびん》にかけた結果。

レイナルドは湖畔へと向かっていた。

一本道を抜けるだけで辿《たど》り着く、本当に近い場所だ。

できるだけ目立たずにさりげなく、可能であれば誰かに頼んでストールを渡そうと思ったレイナルドは、湖の異変に気がついた。

ライトアップを見に来た人々で賑やかなはずの湖畔が騒然とし、空気が凍りついている。

（一体何があった）

「子どもが湖に落ちたらしい！」

「こんな季節にか!?　早く助けないと！」

（……なんだと）

人々の会話で起きていることを把握し、足を動かしかけたとき。

ワルツの音楽が耳に残るなか、この国でごく一部の人間だけが知る言葉が聞こえた。

「湖の水流よ、落ちた子どもを岸に運べ《アクアム・ポルタント・プエリ》」

それは、わずかな風の音でかき消されなかったのが不思議なほどに小さな囁《ささや》き。

言葉の主は、さっきまでワルツの調べに乗って躊躇《ためら》いがちに自分へと向けられていた声。

凛《りん》とした響きで自信をもとに唱えられた呪文に、無意識のうちに理解する。

（これは、魔法を起こすものだ）

レイナルドの視界がフィオナの姿を捉えると同時に、湖畔から一気に水が引く。

そして、轟音を立てて水柱が上がった。

その上にはぐったりとした小さな男の子が見える。

水柱は男の子を包むように螺旋状に枝分かれし、岸辺に流れ込んだ。

そこに男の子は横たわり、大人が走り寄っていく。

すると、もう一度呪文が聞こえる。

「水に戻れ《レディレ・アド・アクアム》」

きれいに呼応して、水柱は跡形もなく消えた。

残ったのは魔石のランタンを残して大きく揺れる水面だけ。

その揺れも、だんだんと収まっていく。

「――なんだ、これは」

目の前で起きたことが信じられなくて足が動かなかった。

(確かに聞こえた。間違うことなど、ありえない)

魔法もフィオナも、レイナルドにとっては特別な存在だ。それを間違うはずがない。

目の前で起きたことへの仮説を立てて、それを確かめたかった。

けれど、視界に捉えたはずのフィオナはもういない。

慌てて周囲を見回すと、レイナルドの姿に気がつかなかったらしい彼女が、早足でモーガン子爵家の別邸へと戻っていくのが見えた。

「精霊……」

口をついて出た言葉に、自分でもハッとする。

(そういえば、俺も子どもの頃この湖に落ちた)

そのときもこんな風にして助けられた記憶がある。

湖畔で自分を見守っていたワンピースの少女は、人間とは思えないほどに可憐だった。その姿にはどこか神々しさすら感じた。

だから、レイナルドはその少女に精霊の魔法で助けられたと思ったのだ。

それから十年以上の月日が流れた。

すっかり魔法や錬金術の虜《とりこ》になったレイナルドが、魔法書を読み、呪文を唱えてみたことは幾度となくある。

当然、ただの一度も魔法が起きたことはない。

そして、自分を助けたあの女の子が精霊だというのが幻想なのはとっくにわかりきっていた。

この世界——少なくともこの国にもう魔法は存在しないはずなのだから。

しかし、あのとき自分を助けたのが魔法でなければ一体何なのだ。

論理的なものだけでは到底説明がつかない何かがそこにあった。

「フィーネ……」

(今のは確かに魔法だった)

ということは。

(フィーネが操る錬金術……あれは魔法なのか)

行き着いた答えに、唇が震える。

魔法は存在しない。精霊が魔力に応えることはない。

(いや、そんなことがあるのか？　あるはずがないだろう。しかしそれなら、いま目の前で起きたことは何だ)

そのすべてを、たった数秒前に見たものが簡単に覆していく。

そして、『注目を浴びることに耐えられないからだ』と勝手に結論づけていたある疑問に辿り着いた。

「フィオナ嬢があれだけの技術と知識を持ちながら、アカデミーで錬金術を使わなかった理由はそういうことだったのか……？」

商業ギルドで、小柄な彼女から見たら二倍以上の大きさがありそうなギルド員のジャンに引けを取らずに渡り合い、自分が作ったものが誰かの役に立ってほしいと語ったフィーネ。

レイナルドは、それだけの志を持つフィーネが錬金術の才能を隠してきたことが疑問だった。

もちろん、フィーネを自分の特別な人としてそばに置いておきたい気持ちがあったことは認める。だから好都合ではあったのだが、ただ内気で目立ちたくないということだけがその理由だというのはおかしいと思ったのだ。

(なるほど。もしこの仮説が正しければ、すべて納得がいく)

同時にある心配にも思い至った。

――錬金術の才能から、魔法が使えることが知られてしまうようなことがあれば、彼女の人生は望まないものになるのではないか。

新たに守りたい秘密の存在に、レイナルドはただ呆然《ぼうぜん》と立ち尽くしていた。

quiet talk

閑話 ハロルド

結婚式の翌日。ハロルドは、スティナの街にあるモーガン子爵家の別邸のテラスから湖を眺めていた。

そこへカタンと音がして室内へと続く扉が開き、妻となったばかりのエメラインが顔を見せる。

「ハロルド様、こんなところにいらっしゃったのですね。父と夜通しお酒を飲まれていたようですが……休まなくて大丈夫でしょうか？」

「ああ、少し寝不足だがこれくらい問題ないよ。それに、スウィントン魔法伯家の没落に関わる処理が全部落ち着いたらまとめて休むつもりだ」

「そうですか」

エメラインはそれ以上口にしない。

ただ優しく微笑《ほほえ》んで、ハロルドの隣に立ち外を眺める。

ハロルドとエメラインはアカデミー時代からの良き友人だった。

両親が亡くなったときのこともよく知っていて、フィオナには伝えたことはないが、ハロルドにとって心の支えのような存在だ。

スウィントン魔法伯家の没落が決定的になったとき、いち早く縁談の話をくれたのもエメラインの生家・モーガン子爵家である。

そのときは妹のフィオナも一緒にという話だった。しかし、ハロルドは妹の将来を考えて王宮へ働きに出すことにした。

明るく無邪気という評価を受けることが多いエメラインだが、ハロルドにとっては誰よりも頼りになる恋人――妻だった。

(そんなエメラインにも話していないことが一つある)

ハロルドは秘密を抱えている。エメラインはもちろん、何よりも大切な妹・フィオナにすら明かしていない重大な秘密だ。


ハロルドと妹のフィオナの新しい母親がスウィントン魔法伯家に来たのは、ある寒い冬の日のことだった。

「こんにちは。私は今日からあなたたちのお母さまになるの。ドキドキしてしまうわ」

そう告げて膝をつき視線を合わせてくれたのは、父方の義理の叔母なのだという。ブロンドの髪を持つハロルドの母とは違い、深く艶《つや》のあるキャラメル色の髪をしていた。

白い指先で頬《ほお》を撫《な》でられた瞬間、お砂糖のような甘い匂いがした。なぜか涙が出そうになって、ハロルドは慌てて挨拶をする。

「こんにちは。ハロルドです。4さいです」

「まぁ。きちんとご挨拶ができるのね。ふふっ、かわいい！　素晴らしいわ。ねえ、向こうでお菓子を食べましょう。マドレーヌは好き？　クッキーやチョコレートは？　果実水も用意してもらいましょうね」

「あ……ありがとうございます」

お礼を告げると、今日から母となるその人はとても優しく微笑んだ。そうして、ハロルドと手を繋《つな》ぐと後ろの乳母が抱えたバスケットを覗《のぞ》き込む。

そこにはまだ一歳にもならない幼い妹がいる。名はフィオナ。ハロルドにとって何よりも大切な妹だ。

「ふふふ。フィオナはぐっすり眠っているわね。とってもかわいいわ。私、この子たちのお母さまになれるなんて幸せ！」

そうやってはしゃぐ母となる人のことを、なぜか強く優しい人だと思った。柔らかさの中に、凛《りん》とした光が宿っている。

不安でいっぱいだったハロルドは、やっぱり涙が出そうになって手の甲で目を擦《こす》る。

それに気がついた母となる人は目線を合わせてハンカチで涙を拭ってくれた。その母の鼻の頭が少しだけ赤くなっていて、この日泣いていたのは自分だけではなかったのだと理解するのはもう少し後のことだ。

大きくなってから知らされたことだが、ハロルドの両親はいわゆる『駆け落ち婚』だったらしい。

有力貴族の令嬢だった母親とスウィントン魔法伯家の跡取りだった父親は恋に落ちた。一見すると良い縁談に思えるが、二人の結婚は決して歓迎されるものではなかったようだ。

二人は勘当され、ほとんど援助もなく苦しい生活を強いられることになったらしいが、ハロルドの記憶にある暮らしはどれも温かくて幸せなものだった。

しかし幸せは長くは続かなかった。

ハロルドの母親は妹を産んですぐに病気になった。体力を回復するポーションを頻繁に飲んでいたのは覚えているが、ほとんど効いていなかったのだろう。

母親が寝込むようになって、父親は意を決したように遥《はる》か遠くにある母親の実家へと向かった。

そこへ行けば、病気を治す手段が手に入るのだという。

けれど、父親が戻ることはなかった。

そのまま母親は亡くなり、家族と住み込みの使用人ひとりだけで暮らしていた小さな屋敷にはスウィントン魔法伯家からの迎えが来た。

万一を想定して両親が手配していたのだろう。

そうしてハロルド四歳、フィオナ〇歳のとき、二人はスウィントン魔法伯家の養子になった。

妹は数年前に亡くなった養父母のことを本当の両親だと思っている。


幼い頃の思い出を回想し終えたハロルドはため息をつく。

(両親の希望もあってフィオナには一生明かすつもりはなかったが……。フィオナも大人になって自立した。自分の人生だ。両親のことを知らせるべきなのかもしれない)

妹・フィオナが魔法書に興味を持ったことを知ったとき、養父母である両親は驚き複雑そうな顔をしていた。

養子のはずの二人に惜しみない愛情を注ぎ、いつでも褒めて肯定してくれる両親が初めて見せた、戸惑いの表情は強く印象に残っている。

(いつか、フィオナが魔法書を好むことにいい顔をしない理由を聞きたかった。だが、それを聞く前に二人とも帰らぬ人になってしまった)

理由を仮説立てて考えたことはある。けれど、あまりにも現実離れしすぎていて受け入れがたかった。その一つをハロルドは思い浮かべる。

(例えば——私たちの母親が精霊に近い存在であるリトゥス王国の生まれで、しかも濃い血を持つ王族だ、とかな。私とフィオナの特徴的な外見を考えればなくはない)

今日はいいお天気だ。テラスからは湖の水面が太陽の光を反射しきらめくのが見える。

昨晩、あの湖は魔石でライトアップされてとてもきれいだったらしい。妹が大好きに違いないイベントである。フィオナは見たのだろうか。

ぼうっとそんなことを考えていると、隣で同じようにのんびりしていたエメラインが思い出したように口を開いた。

「そういえば昨夜、パーティーの最中にあの湖に落ちた男の子がいたそうですわ」

「この季節に? 無事だったのか?」

「それが……不思議な現象が起こったのだそうです。急に湖から水の柱のようなものが湧き上がり、落ちた男の子はそれに押し上げられて助かったのだと。その上、偶然居合わせた薬屋が特別な上級ポーションを持っていて大事には至らなかったそうですわ」

「…………」

「ハロルド様？」

きょとんと首を傾《かし》げたエメラインに、ハロルドは首を振り慌てて作り笑いを浮かべる。

「いや。——不思議な出来事や偶然は重なるものだな」

世界で唯一の魔法使いは、宮廷錬金術師として幸せになります ※本当の力は秘密です!

episode.6

第六章

ミア様と玉の輿

ステイナの街から戻って、数日。

お兄様の結婚式に合わせて取っていた休暇は今日で終わり。

明日からの薬草園での仕事を前に、私はアトリエでポーションを作っていた。

頭に浮かぶのは、結婚式で食べた不思議なほどに味気ないサラダとお肉の煮込み。

流れでウェンディ様をエスコートするレイナルド様の姿も思い出してしまって、私は慌てて頭を振った。

ちょうどそこで、ゴンゴンと乱暴に扉が叩《たた》かれる。誰……!?

王宮に出入りする人々の中でも、ここにいらっしゃるのはレイナルド様とクライド様だけのはず。

でもこの叩き方は？　ここは王宮の敷地内だから、不審者が訪れることはないはずだけれど……。

そう思って扉を開けた私を待っていたのは、意外すぎる方だった。

「へーえ。本当にここにいるんだ？」

「ミッ……ミア様!?」

「お邪魔するわね！　わぁ、広い。寮の部屋より全然いいじゃないの。ねえ、ここに住んでもいい？」

「だっ……ダメです！」

「わかってるわよそんなの」

まん丸の目をくるくると動かしながら、当然のようにアトリエに入ってきたのはミア様だった。

なんてことを、と私が返す前にミア様は勝手に作業机前の椅子に腰を下ろす。緊張する様子もなく、いきなりくつろいでいる。

羨《うらや》ましいほどの図太さです……！

視線を下ろすと、手には籠《かご》が握られていて何やら薬草が入っているのが見えた。

すべてにおいて意味がわからない。

ミア様はどうしてここに。一体何をしに来たの……？

混乱した私は、とりあえず籠を指差して聞いてみる。

「あの、ミア様それは……？」

「……あなた、アレを作ってるんでしょ。それの素材よ素材」

「……アレ、でしょうか？」

はたと首を傾《かし》げた私に、ミア様は心底面倒そうに顔を歪《ゆが》めた。

「魔力空気清浄機よ！　ここで研究してるんでしょ？」

「あっ……は、はい」

有無を言わさない様子で差し出してくる籠を受け取らされると、手にずっしりとした重みを感じる。中には薬草や水が入っていた。

普段、このアトリエで錬金術に使う素材は街の商店で買い付けるか、レイナルド様経由で仕入れているものだ。

薬草に限っては、ネイトさんが薬草園にあるものを自由に使っていいと言ってくださる。

けれど、たくさん必要になるときはきちんと別ルートで購入している。

ミア様が持ってきた薬草は、それにしては量が多い。

どこで採取してきたのだろう、ということがものすごく気になるけれど、今は触れないでおく。

「私もアレが欲しいの。一つ作ってくれない？」

「………」

え。

コーヒーに入れるお砂糖を一つください、と言うのと同じ口調でのミア様からのおねだり。

アカデミー時代を彷彿《ほうふつ》とさせる懐かしさに、私は目を瞬《しばたた》いた。

「ミ、ミアさん。あの魔法道具はここでは作っていないのです」

「え？　どういうことよ？　商業ギルドに魔法道具を登録したんでしょ？　ここじゃなかったら一体どこで作るのよ？」

「ええと……あの、レシピを商業ギルドにお渡しししていまして」

「はあぁぁぁぁぁああああ？」

ミア様の突然の叫び声に、窓ガラスがびいいいいんと震えた気がする。

耳が痛くて、頭がぐわんぐわんします……！

驚きで目をパチパチとさせる私に、ミア様はさらに大声で叫んだ。

「ローナさんも絶賛していた魔法道具のレシピを商業ギルドに渡したですってぇぇえ？　アンタ、正気なの!?　せっかくの金の鉱脈をなんてことすんのよ！」

「あの、私だけではたくさん作るのに時間がかかりますので……錬金術師ギルドに話を通してもらって、量産体制を」

「はあぁぁぁぁぁぁあああ？」

ドスのきいたミア様の抗議はまだ続く。

けれど、不思議と怖くない。

大きな声で返されることだけに警戒して、私はおずおずと答えた。

「魔力空気清浄機は……人の命を救うものなので」

「……そう。随分キレイなことを言うのね。そんな風にどっかのお嬢様みたいなこと言ってもねえ、絶対に後悔するんだからね？　世の中、金よ金。お金こそパワーなの」

「……ミア様……？」

いつも自信満々なミア様が一瞬だけ表情を沈ませたのが気になった。

けれど、ミア様はすぐにいつも通りの顔に戻る。

「とにかく！　せっかく平民が成り上がるチャンスを得たのに、何やってんのよ！　お上品な貴族ごっこじゃ生きていけないんだからね!?　世の中お金よ。頼りになるものはお金だけ。だから、私たちは誰かを蹴落としてでもお金と貴族令息夫人の座をゲットしなきゃいけないのよ！」

「あ、あの」

これは、いつものミア様。

アカデミー時代のお上品なベールを脱いだ、ミア様そのものだ。

これが偽りのない本心なのだろう。隠す気が全くないところまで、清々《すがすが》しいです……！

そしてフィオナの居場所をなくしたのも、その信念に基づいたものだったのだろうな。

あまりにも変な方向に一本筋が通り過ぎていて、私は思わず感心してしまった。

「……なるほど……」

「あ。わかった。アンタはもしかしてレイナルド殿下を狙ってるのね？」

「!?　いえ、そんな!?」

予想もしていなかった問いに、私は固まる。本当にまさかそんな！

「わかるわー。この国で最も高貴な身分を持ちつつ、あのルックスだものね。わかるわー。アカデミーでも大人気だったのよ？　でもね、諦めたほうがいいわ」

「あの、そんな、私は……！」

慌てて否定しながら、この前、お兄様の結婚パーティーで見たレイナルド様とウェンディ様が並んだ姿が脳裏に蘇《よみがえ》る。

そう。レイナルド様にお似合いなのは、あんな方。

私なんて、名前を口にすること自体おこがましいのだ。……と思いつつはっきり否定できないでいるうちに、ミア様はどんどん盛り上がっていく。

「いいのよぉ。私、上を目指す子って嫌いじゃないわ。そうだと思ってたの。でもね、アンタはネイトさんあたりがいいんじゃない？　実は、お家《うち》が資産家だって知ってた？　貴族じゃないからステータスにはならないけど、モゴモゴおどおどしたアンタにはちょうどいい落としどころだと思うんだけど」

そ、そんなの知りません……！

玉《たま》の輿《こし》に乗るため、あらゆる情報を入手しているミア様に思わず感心してしまう。

「私は、別に結婚相手を探しているわけでは……！」

たじたじとなってしまったところで声がした。

「……何をしている？」

低く響く声に、私とミア様は同時に固まった。

アトリエの扉のところにはものすごく不機嫌そうなレイナルド様が立っていらっしゃる。

そしてこれは、とても怒っているときの声。

ここはレイナルド様のアトリエで、研究をするための場所だ。

状況を思い出した私は頭を下げる。

「レイナルド様。も、申し訳ありません……！　勝手に人を引き入れたりして」

「それ自体は気にしなくていいよ。ここはフィーネのアトリエでもあるんだから。もし友人ができたら好きに連れてくればいい。……しかし君は別だ。どうせ勝手に押し入ったんだろう？　すぐに出ていってもらいたい」

ミア様に向けられるピリリとした声色に、私までお腹が痛くなりそう。

それを見て、レイナルド様はフィーネとフィオナが同一人物だと知っているかもしれないんだった、と思い出す。

辻褄《つじつま》は合っている……気がする。

ミア様はフィオナを退学に追い込んだ。

それを知っていればこそ、こんな風に厳しい対応になるのだろう。

けれど、私が『フィーネ』としてミア様に持つのは少し違う感想なのだ。

庇《かば》うわけではないけれど、私はレイナルド様にお話しすることにした。

「ミア様は、このアトリエを見学しにいらっしゃったんです」

「……見学？」

怪訝《けげん》そうなレイナルド様に向けて、さっきミア様がお持ちになった籠を差し出す。

「はい。これはミア様が持ってきてくださった素材です。私が開発している魔力空気清浄機の素材として使ってほしいと」

「そうだったのか。……ミア嬢。本当にそれだけか？」

私に対する柔らかな声色と、ミア様に対する姿勢の違いがすごすぎます……！

けれど、そんなことで怯《ひる》むミア様ではなかった。アカデミーでもよく見た愛らしい笑みを浮かべてレイナルド様に告げる。

「ええ。同じ工房で働く友人としてお手伝いをしに来たのですわ。私はアカデミーも出ているし、見習い錬金術師としても先輩ですし！」

「友人、か？」

「はい！　今日はフィーネと一緒に生成をする約束をしていたんです」

いつの間にそんな約束を？

首を傾げそうになった私はミア様に「えへっ」と腕を掴《つか》まれて、思わず身体がこわばる。

すごい。すごすぎます……！

「しかし、ルールに基づいていないようだな」

それは私も気になっているところだった。

ミア様がお持ちになった素材は、明らかに工房から持ってきたもので規則に反している。

けれど、ミア様は本気で意味がわからないみたい。

「なにかルールなんてあったかしら？　こっそり持ってきただけなんだけど？」

「あ、あの、錬金術工房の倉庫から私用で素材を持ち出すのは基本的に禁止です。もし使いたい場合は、上長の許可を得る必要が」

「えっ？　そんなの聞いてないわよ！」

もしミア様はそうだとしても、配属初日に教わる基本中の基本です……！

あっけらかんとして悪びれる様子のないミア様と、それに震える私との会話を聞きながら、レイナルド様は眉間に皺《しわ》を寄せている。

ミア様が持ってきてくださった素材は私が肉眼で見ても質の劣ったものばかり。魔石が鍵になる魔力空気清浄機の生成には使えない。

鑑定スキルをお持ちのレイナルド様には一目瞭然だと思う。

でも。錬金術工房の雑用が大嫌いなミア様が、わざわざ誰かの目を盗んで素材を集めるなんて。

しかも、まだ休暇中の私がアトリエにいるかもしれないという不確かな予想だけでそんな面倒なことをするなんて。

何か特別な事情があるとしか思えなかった。

「もういいわ。今日のことは忘れてちょうだい」

ミア様は私に囁《ささや》くと、アトリエを出ていこうとした。

私はその腕をガシッと掴む。

「ま、待ってください！」

「もう、何よ!?」

睨《にら》まれて少しだけびくりとしたけれど、私は手を離さない。

冬の始まりの頃から感じていた、違和感。

勉強が大嫌いなミア様がわざわざここに来た理由を知りたかった。

そのためには……！

「レイナルド様。ごはんに、しませんか……！」

勇気を出して告げた私の言葉に、レイナルド様は心底驚いたように目を丸くしたのだった。


「わー。めっずらしいお客さんじゃん」

レイナルド様の言いつけで四人分の夕食が入ったバスケットを手に現れたクライド様は、珍しいと言いながらずいぶん落ち着いて……というか面白がっていらっしゃる。

レイナルド様は腕組みをしたまま席につき、一方のミア様はニコニコと微笑《ほほえ》んでいた。

いつもとは違う雰囲気が気になりながら、私はそのバスケットの中からお鍋を取り出す。

「き、今日は何でしょうか……！」

「サーモンとポテトのグラタンに、フィーネちゃんの好きな焼きたてパンだって。クリームチーズと生ハムもついてるから、オープンサンドにできるね」

「わぁ……！　デザートもあります」

今日はデザートにシナモンロールがついている。

この妙な空気のことも一瞬だけ忘れ、甘くスパイシーな香りに鼻をくんくんとさせていると、私とクライド様を交互に眺めていたミア様が大声で喚《わめ》いた。

「何それ。オープンサンドにグラタンにデザート!?　食堂のメニューよりよっぽど豪華なんだけど!?　アンタ、いくら平民の出だからってごはん目当てでここに通ってたわけ？」

「!?」

ち、違います……！　と思ったけれど、最近では半分ぐらい合っている気もする。

だって、ここで皆で食べるごはんは本当においしい。

ちなみに、レイナルド様からの明確な敵意を認識したミア様は、かわいらしい『ミア・シェリー・アドラム』の顔を封印されたみたい。

そしてすぐに否定しなかった私を見て、レイナルド様はなぜか気を良くされた様子だった。

「フィーネに食事の楽しさとおいしさを教えたのは俺だからな」

「レ、レイナルド様、本当にありがとうございます」

「レイナルドは本当にフィーネちゃんに甘いよな。最近は俺への冷たさが際立って悲しーわ」

「……お前とフィーネへの扱いが同じはずないだろう？」

私たちのやりとりを凝視していたミア様が私の耳元でボソッと呟《つぶや》いた。

「……アンタ、玉の輿いけるんじゃない？」

そんなに大それた冗談は本当にやめてください。

そのまま、流れでミア様はバスケットの中を覗《のぞ》く。そこにはほかほかのパンと、甘いフィリングがたっぷり塗られたシナモンロール。

歓声をあげるのかなと思ったけれど、その反応は意外なものだった。

「……デザートって、シナモンロールなの……？」

ミア様はさっきまでの図太さが嘘《うそ》のように、こわばった声色と表情をされている。

「は、はい。お嫌いでしたか？」

「嫌いじゃないわ。大丈夫よ、こんなの」

けれど、その表情も口調も、ただ嫌いな食べ物を前にしただけのようには見えない。

複雑そうで、ひどくこわばった顔。

どうしたのかな……。


少しして準備が整い、珍しいメンバーでのディナータイムが始まった。

いただきます、と手を合わせた後で私は早速グラタンにフォークを入れる。

こんがりと焼き目がついたチーズがとろけた先に、サーモンとポテトが重なっている。一緒にフォークにのせ口に入れると、クリーミーな味わいが広がった。

「ポテトに生クリームを合わせているのでしょうか……？　濃厚でおいしい……！　加えてサーモンの塩気がとってもいい感じです。使われているハーブはローズマリーですね。味に深みが、」

「フィーネちゃんのその分析聞くの久しぶりだわ、まじで。休暇、楽しかった？」

「はっ……はい、それは」

クライド様が突っ込んだ質問をしてくるので、レイナルド様とダンスをしたり湖畔で魔法を使ったりいろいろやらかした自覚のある私は努めて平静を装う。

いつも、私に答えてくださるのはレイナルド様。けれど、今日はニコニコと微笑んでいるだけだ。

そして、私の隣に座ったミア様のことを注意深く見ているのがわかる。

このアトリエに来たばかりの頃、いつもドキドキしていて伝えたいことがなかなか言葉にならなかった。

そんな私を変えてくれたのが、この食事の時間。

ミア様を仲間にするつもりはないけれど、普段たまに見せる翳《かげ》りのある表情がとても気になる。

もしかして、魔力空気清浄機の生成をお手伝いしてくれようとしたことと何か関係があるのかもしれない。

あまり関わりたくはない方だけれど、ミア様は工房では私を助けてくださることもある。

私も『フィーネ』としてなら、何かミア様にできることがあるかもしれない。

まずはとにかく、今日の夕食もとってもおいしい。

この冬の間に味のレベルが3まで上がってしまうかもしれない、と欲張った私は、隣のミア様の様子に驚いた。

「!?　……ミア様、お口に合いませんか」

「……おいしいわよ」

「では、どうして」

どういうことなのか、ミア様のお皿のグラタンもオープンサンドもあまり減っていないのだ。

王宮の厨房《ちゅうぼう》で作られるごはんはとてもおいしいはず。

どうしたのかな、と心配した私にミア様は口を尖《とが》らせた。

「私、少食なの」

「……」

アカデミーにいた頃、ミア様はそんなに食が細かった……？

そう思っていると、私たちの空気を察したクライド様が間《あいだ》に入ってくださった。

「あ、わかった。デザートのシナモンロールが食べたいんでしょ？　甘いものが好きなんて、ミア嬢もやっぱり女の子だね」

「違いますわ。シナモンロールは残してはいけないのよ」

「……？」

いつも愛想のいいミア様のつっけんどんな受け答えに、私は首を傾げる。

ふざけているのかと思ったけれど、ミア様は顔をこわばらせたまま動かなかった。

本当に様子がおかしい気がする……。

なんだか微妙な空気のまま食事を終えると、レイナルド様がいつも通りコーヒーを淹《い》れてくださった。

私はその隣でオーブンにシナモンロールを並べて温める。

アトリエじゅうにコーヒーとシナモンのいい匂いが広がったところで、レイナルド様は息を吐いた。

「フィーネ。仕事でミア嬢に困ってない？」

「あの」

なんとも答えにくい質問に、私はゆっくりと目を瞬く。

確かに、工房でのお仕事はミア様に押し付けられることが多い。

けれど、押し付けられた仕事は全部私がやったこととして報告しているし、きちんとそれなりにやり返している。

何よりも、私が困っていると助けてくれることもあるのだ。

「最初の頃はミア様に困ることもありましたが、今ではいい同僚です」

「そっか。ならいいんだけど」

リン、とオーブンの鐘が鳴った。厚手のミトンをはめてトレーを取り出そうとする私に、レイナルド様が身振りで「自分がやる」と伝えてくださる。

私はそれに笑顔で首を振った。

会話がなくても交わされる、こういう穏やかなやりとりがとても好き。

こんがりと焼けているシナモンロールをお皿に並べたところで、レイナルド様は躊躇《ためら》いがちに仰《おっしゃ》った。

「フィーネは結婚相手を探しているの？」

「……!?」

どうしてそんな問いを、と思ったけれど、さっきレイナルド様がアトリエに到着したときのことを思い出して私は真っ赤になる。

そうだ。さっき、私とミア様は結婚相手の話をしていた。というか聞かされていた。

その少し前には『私がレイナルド殿下を狙っている』という風な話をしていたような……！

これは誤解をされているのでは？　と慌てた私に、レイナルド様は微笑んだ。

「その反応で十分だ。まぁ、そんなはずがないよな」

そうして、コーヒーをカップに注いでいく。

私はただぶんぶんと首を縦に振り、棚から足りない分のコーヒーカップを出して並べた。

どうしてそんなことを聞かれたのかはなるべく考えないようにする。そう思ったところで、ステイナの別邸で見たお兄様とエメライン様の甘い視線が頭をよぎった。

それも、なんとか頑張って意識から追いやる。

――答えに行き着いた瞬間に、普通に振る舞えなくなる気がするから。

一方、私たちの後ろでは、ミア様がクライド様に何やら一生懸命お話をされていた。

クライド様もそれに軽く応じていて、さすがだと思う。さっきの硬い空気はすっかりどこかへ消えていた。

シナモンロールとコーヒーがのったトレーをレイナルド様が作業机まで運ぶのを見て、ミア様は愛らしい顔をこれでもかというほどに引き攣《つ》らせる。

「アンタ、王太子殿下にこんなことさせんじゃないわよ……！」

私もそう思います。

「これがここでのルールだ」

「まぁ、それは素敵ですね。さすが王太子殿下ですわ」

ピシャリと言い放ったレイナルド様に、ミア様はころっと百八十度意見を変えた。やっぱりさすがミア様だと思う。

レイナルド様はトレーを机に置きながらミア様に問いかける。

「で。どうして君は魔力空気清浄機を作りたいんだ」

「私が作りたいわけでは……ただ、生成をお手伝いしたら市場に出回るのが早くなるかなと思っただけですわ」

「俺が聞いたのはその理由だ」

「……それは」

レイナルド様の問いに、ミア様は決まりが悪そうに視線を落とした。さっき、シナモンロールを残してはいけないと言ったときと同じ顔をしている。

いつもの自信に満ちて愛らしいミア様からは想像できない仕草が不思議だった。

もしかして、と私はずっと想像していた理由を投げかけてみる。

「ミア様。魔力空気清浄機をお家で必要とされている方がいらっしゃるのですか……？」

「そ、そんなんじゃないわよ」

「ではどうして……。あ、あの。私はミア様が素材を自分で集めてお持ちになったのが意外でした。工房ではいつもお仕事から逃げ回っていらっしゃいますから」

「アンタ意外と言うようになったわね。いいと思うわ。貧乏でも生き残れるわよ」

褒めているのか貶《けな》しているのかよくわからない評価に、私が目を瞬きレイナルド様の放つ空気が明らかに冷たくなったところで、ミア様はぽつりと続けた。

「ただ、弟はもともと身体が弱くて……。今はかなり丈夫になったけど、それでも毎年寒い季節は冬風邪に怯《おび》えることになるから、便利な魔法道具があったらいいなと思っただけ」

そういえば。錬金術工房をお手伝いするようになってから、ミア様との会話で不思議に思ったことがある。

あまり勉強熱心とは言えないミア様はなぜか冬風邪のことに詳しくて、冬用に処理した薬草の効果が落ちることも知っていたのだった。

もしかして、弟さんのためにそれだけは勉強していたのかな。

「フィーネから聞いたと思うが、ここでは魔力空気清浄機は生成していない。ギルドに依頼しているから、この冬の間には出回り始めると思うが……。まず、この素材は工房に返却するように。そもそもフィーネの錬金術は高レベルの極めて繊細な次元で行われている。素材の質が最も重要だからこれは到底使えないしもし取り寄せるとしても高品質なものにするべきだ。何よりも魔力量だけに頼らず素材の良さや技術を組み合わせた生成はフィーネにしかできない。それを君は――」

待ってくださいレイナルド様？

急に喋《しゃべ》り始めたレイナルド様に、私はぽかんと口を開けて何も言えない。

さっきまで様子がおかしかったはずのミア様まで首を傾げた。

「レイナルド殿下って、思っていたのとイメージが……？」

「そーゆーこと。すっごい錬金術オタクなの。お似合いでしょ、この二人？」

笑いを堪《こら》えながら説明するクライド様はもうほとんど笑っていらっしゃる。

なんとか気を取り直した私は、シナモンロールがのったお皿をミア様に勧めながら告げた。

「ミア様。商業ギルドにレシピを提出してしまった以上、ここで魔力空気清浄機を生成することはできないのです。質を保つためのルールですので」

「……ふぅん。ルールばっかりね」

「そ、それでも……何か改良を加える、ということであればここでも作ることはできます。ただ、改良するのにもポイントを押さえたいのでご事情をお伺いできれば、と」

「なんてことないわ。私の父親は冬風邪で死んで、クズな母親がパトロンに選んだ男が最低で、人生終わったって思ってたら男爵家に拾われたってだけの話。最近、ちょっとしくじったせいでかわいい弟が男爵家で肩身の狭い思いをしてる話もいる？」

「…………」

私はどんな魔力空気清浄機にしてほしいのかを聞いたつもりだった。

けれど全く想像していなかった答えに息を呑《の》む。

確かに、アカデミーに転入してきたミア様は平民出身でマナーがなっていないと噂《うわさ》されているのを聞いたことがある。

まさか、ミア様がそんな境遇だなんて知らなかった。

私は思いっきり動揺してしまったけれど、レイナルド様とクライド様は特に動じてはいなかった。

まるでずっとさっきからそうだったみたいに、冷静な顔をしてコーヒーを飲んでいる。

ミア様はキッ、と私を睨むとそのまま続ける。

「アンタねえ。せっかく錬金術っていう武器があるんだから、安売りするんじゃないわよ。私なら、そんな武器があったらとっくにあの工房を牛耳ってるわよ！　王宮勤めでしかも実力者だなんていったら、馬鹿じゃない貴族子息との縁談があるかもしれないじゃない！」

それなら、もっと勉強をして宮廷錬金術師を目指せばいいのに……！　と思った私の思考をミア様は読んだらしい。

「いい？　私はどんなに勉強したって覚えられないし、薬草や素材を見分けることもできないし、面倒なことは大嫌いだわ」

「そ、そんなこと」

「あーやっぱり。アンタもやっぱりそうなのね。そんなことない、頑張ればできるって言いたいんでしょう？　ところがどっこい、努力してもできない人間もいるのよ！　私みたいにね！」

「は……はい？」

お話ししている内容は自分を卑下するもののはずなのに、ミア様はあまりにも得意げでいらっしゃる。

「魔力量が豊富で貴族の養子になれたし、箔《はく》をつけるための王宮への就職も決まったし、この先の人生安泰？　って思ったけどそうはいかないのよね。私は魔力量だけなんだもの。ここで働くようになって、すぐにわかったわ。それなのに、玉の輿として乗るはずだった相手はいなくなっちゃうし……。あんなくだらない人間だなんて思わなかったわ！　ねえ？」

「は……はい？」

エイベル様を『あんな人』と呼ぶのは納得だけれど、フィオナにとってはミア様も同じ存在だ。けれど、フィーネとしては口を挟むわけにいかない。大人しく聞くことにする。

そして、ミア様がこんな考え方をするようになったのは、きっとお金が原因なのだろう。

相槌しか打てない私に、ミア様は顔をずいと近づけてきた。

「……ねえ。さっき、アンタ『魔力空気清浄機は人の命を救うものだからレシピを提供した』って言ったでしょう？」

「は、はい」

「なんか、本当にいいとこのお嬢様っぽいこと言うんだなって思った」

そう言い放って、ミア様はシナモンロールにナイフを差し入れた。ザクザクと切って、細かくしていく。まるでマナー違反だと注意してほしいみたいに、大胆に。

そして小さくなりすぎたそれをまとめてフォークで刺すと、一気に口に放り込んだ。

「うっ」

「ミア様!? 大丈夫ですか!?」

「は、はいほうふほ。……むぐっ……、シナモンロールにはあまりいい思い出がないだけ……」

そうして、また無残にお皿の上に散らばっていたシナモンロールをフォークで集めてザクザクッと刺し、口に放り込む。

やっと飲み込んだのに、間をおかずどんどん口に詰め込んでいくミア様には違和感しかない。

そんなにしてまでどうして食べるのだろう。

私に凝視されながらなんとかシナモンロールを涙目で咀嚼《そしゃく》したミア様は、ごくごくとコーヒーで流し込んでからポツリと呟いた。

「……木工職人だったパパが死んだのは私が八歳の頃よ。そして、私に上位貴族並みの魔力があるのがわかってアドラム男爵家にお世話になることになったのが十五歳。今でこそこんなにかわいくて人気者だけど、それまでの人生はなかなかハードだったわ」


ミアの十五歳までの名前は『ミア・グリーン』といった。

王都まで鉄道で半日以上はかかる田舎町の、贅沢三昧《ぜいたくざんまい》はできないけれど特に貧乏ではない木工職人の娘。それがミアだった。

ミアが八歳の冬、父親が流行病《はやりやまい》にかかった。病気自体を治せなくても、体力が回復するように初級ポーションを飲んだ。

けれど、数週間経《た》っても回復しない。

それどころか病状は次第に悪化して、もともと身体が弱かった父親は帰らぬ人となった。

悲しみに暮れる間もなく、母親はメイドの仕事を見つけてきた。幼いミアと弟を養っていくためである。

勤め先はその田舎町で最も裕福なバラクロフ家という商人の家。

美人と評判だったミアの母親は、その家の主人に特別に気に入られたようだった。

ほどなくして屋敷内に家族で暮らせる部屋を与えられ、ミアたち一家の新しい生活が始まった。

キッチンと一体化したリビングにベッドルームという標準的な家で育ったミアは、その新しい家に驚愕《きょうがく》した。

「ママ、何ここ！　お嬢様が住むおうちみたい！」

「そうよ。ここにはお嬢様が住んでいるの。……ミアだってお嬢様になるのよ」

前に住んでいた家がすっぽり入りそうに広いエントランスに、無数に並んで見える居室。いつもおいしそうな匂いが漂っている台所。使用人によって磨き上げられた階段には自分の顔が映ってびっくりした。

自分は木工職人の家の子で、家の手伝いで朝市に商品を売りに行き、たまに友人と遊ぶ普通の平民だったはずなのに……夢みたい。

けれど、無垢《むく》な瞳で首を傾げたミアは、すぐに現実を理解することになる。

貴族ではないものの裕福な商人の家では、愛人としてミアの母親のような存在がいることは珍しくないらしい。

当然、その家の女主人はミアたちに辛《つら》く当たるようになった。

「ねえ、アンタ。廊下をうろついていいって誰が言った？」

「ごっ、ごごご、ごめん、なさ……」

空腹に耐えかね、水をもらいに行こうと廊下に出たところで女主人・ミランダに捕まった。

蹴られたお腹を押さえ、後ろに小さな弟を庇ったミアは震える。

客間に閉じ込められるようにして暮らすミアたちには、十分な衣食が与えられていない。

もちろんこの家の主《あるじ》がいれば話は別だが、ミアの母親と一緒に外出してしまえばもう誰にも守ってもらえなくなる。

今日だって、二人は休日のデートに出かけてしまった。

残されたミアと弟は部屋で大人しくしているしかない。

「アンタたちの顔を見るだけで吐き気がするのよ。早くこの家から出ていってちょうだい！」

「………」

でもママが、と言いたいのを必死で呑み込んだ。口答えをすると事態が悪化するのは身に染みて知っている。

何も答えないミアに、ミランダはさらに目を吊《つ》り上げた。

「おどおどしていて、あの図々しい母親には似ても似つかない子ね！　消えて！　早く部屋に戻って！」

金切り声と、弟が泣き出す声。

嵐が過ぎ去るのを待って、ミランダの背中を見送ったミアはよろよろと立ち上がった。

（お腹が……いたい……）

蹴られたお腹が痛かった。ミランダは顔や腕などは絶対に狙わない。見えない部分を狙って痛めつけてくるのが恨めしかった。

母親に言いつけたこともある。

けれど、「せっかくこんないいおうちに住めているのに変なことを言わないで」と怒られただけだった。

味方は誰もいない。そして、弟を守らなければいけなかった。

「大丈夫？」

投げかけられた声に顔を上げると、この家のお嬢様がいた。

濃い茶色の髪と涼しげな目元はさっきまでミアを痛めつけていたミランダにそっくりである。

「ママがごめんね」

差し出された真っ白で傷ひとつない手を、ミアは凝視した。

ふわふわの髪は顔まわりを編み込んであり、女の子らしくてとてもかわいい。

身に着けたドレスも、質素なミアのワンピースとは違う。商人の娘らしく、フリルがふんだんに使われた、最先端のデザインだった。

薄汚れた自分とは真逆の存在に目を瞬く。

「…………」

「私、ユージェニーっていうの。ママ同士は仲が悪いけど、私たちは仲良くしない？」

「…………」

「あ、お腹空《す》いてない？　さっきね、シナモンロールを焼いたの。待ってて。ママに内緒で持ってきてあげる！」

「……あ、ありがとう……」

警戒したものの、空腹には勝てなかった。初めて食べたシナモンロールは不思議な香りがしたけれど、おいしかった。

次の日、ミアたちの部屋を訪れたユージェニーはミアの腕や首を見て少し驚いた顔をしていた。なぜかはわからなかったけれど、ミアはおどおどしながらなんとかお礼が言えた。

その日から、ユージェニーとミアは秘密の友達になった。

ユージェニーはミアより二歳年上の十歳。お菓子作りが趣味で、毎日自分で焼いたというシナモンロールを運んでくれた。

ユージェニーの話からは、彼女がたくさんの種類のお菓子を作れるらしいということが伝わってくる。

けれど、なぜ毎回シナモンロールなのかは気にならなかった。

母親がいなければ満足に食事が取れない中で、ミアたちきょうだいにとっては何よりのごちそうだったから。


いつの間にか月日は経ち、バラクロフ家に住み込むようになってまもなく六年になろうとしていた。

しかし環境も状況も変わらない。

「おねえちゃんの腕っていつも赤いポツポツがあるね」

「昔はなかったはずなんだけどな」

ミアは十四歳、弟は九歳。ミアはそろそろ働きに出られる年齢だった。

外聞を気にする家の主人の計らいで初等学校に通ってはいたものの、成績は全く振るわなかった。

母親譲りの美貌だけは目立ったが、働くにしてもできることがない。

外ではチヤホヤされて、家に戻れば顔色を窺《うかが》う日々。

この数年間で、お金さえあればと思ったことは数知れず。

弟は父親に似て身体が弱いようだった。しょっちゅう風邪をひいてはなかなか回復せず、ポーションのお世話になる。

当然、母親はくれないので、ユージェニーがどこからか手に入れてきてくれた。

家にいるときの主食はシナモンロールだ。

飽きた、とは言えなかった。

その言葉を口にすると、いつも優しいはずのユージェニーの笑顔から温度が消えるから。

ミアの腕や首にはいつも赤いポツポツがあった。体調によって違いはあるものの、それは薄いか濃いかの差。特に気にしたことはなかった。

そんなある日のこと。

バタン、と勢いよく扉が開き、青い顔をしたユージェニーがミアたちの部屋に飛び込んできた。

「ユージェニー？　どうしたの？」

「ママが倒れたの」

「えっ」

相変わらず、ミアたちへの暴力は続いていた。だからこの家の女主人が倒れたという話を聞いてミアは内心喜んだ。

けれど、暗い顔をしたユージェニーを前に飛び上がって拍手するわけにはいかない。

反応に困ったミアを前に、ユージェニーはバスケットを取り出した。

いつもの甘ったるい匂いが部屋の中に充満していく。

「ママが倒れたのはね、あんたたち親子のせいよ」

「……!?」

「パパを返してよ。パパは私のパパで、ママの夫よ！　あんたたち親子さえいなければ、ママだって倒れることはなかったのに……！」

初めて、ユージェニーから名前ではなく『あんたたち』と呼ばれた。

一体何が起きているのか受け止めきれないミアの前に、いつもよりもどす黒く見えるシナモンロールが並べられていく。

そうして、ユージェニーはにやりと笑った。見たことのない笑い方に背筋がぞっとする。

「今日はね、シナモンの量を三倍にしてみたの」

「ユ、ユージェニー……？」

「いい？　絶対に残さずに食べるのよ？」

そういえば、この前初等学校の授業で食物アレルギーのことを習ったような。頭の悪い自分でもわかるほどに、明確で疑いようのない悪意。

（一体いつからだったんだろう……）

この家で、ミアたちを支えてきた唯一の存在の裏切り。いや、支えだったということすら幻想なのかもしれない。

その日、ミアがシナモンロールを食べ終えるまでユージェニーはそこから動かなかった。

事態を把握しきれない頭で、とりあえず残さずにシナモンロールを食べ切る。

翌日、首と腕のポツポツはさらに濃く、痒《かゆ》くなった。

冗談じゃない。殺される前に出ていこう。――と思ったところで弟が風邪をひいた。

こんなときに限って悪化し、ポーションが必要になった。

母親と商人のおじさんは二人で旅行に行ってしまっていて、頼る相手がいない。

いつもならユージェニーがポーションをくれたが、今は敵になってしまった。

「大丈夫？」

「くる……しい……」

苦しむ弟を前に、何もすることができない。

そんなとき、シナモンの匂いがして、ひどく冷たい声が聞こえた。扉の前に佇《たたず》むのはユージェニーだ。

「ポーション、欲しい？」

「ユージェニー……」

「ユージェニー様、でしょ？」

凍りつくような声色に、ミアの唇は震える。

そんなミアに、遠い目をしてユージェニーは続けた。

「初めはね、些細《ささい》な悪戯心《いたずらごころ》だったの。私とママに辛い思いをさせるあんたたちを助けてあげるフリをして痛めつけようって。でも、じわじわいくんじゃなくて、初めからもっとわかりやすく叩きのめせばよかったって思った。あんたたちがいなくなれば、ママだって倒れることはなかったもの」

「そ、そ、そそそんな……」

「で。ポーション、欲しいの？　いらないの？」

刺々《とげとげ》しい言葉はミアが知らないものだった。

ミアにはお金も能力も誰かに助けを求めるという考えもない。

その日も、シナモンロールを食べさせられた。

翌日、体じゅうを痒みが襲い、ミアは悶《もだ》え苦しんで一日を過ごすことになった。


事態が急転したのは数か月後のことだった。

ミアに魔力があることが判明したのだ。

きっかけは些細なこと。

ユージェニーの命令で街へおつかいに行かされたとき、ミアは魔力で作動する魔法道具にうっかり手をかけてしまったのだ。

一家の誰も魔力を持たないバラクロフ家の屋敷にはそんな魔法道具はなかったし、何よりも魔力操作など知らないミアは、無意識のうちに大量の魔力を流し込んでしまい、その魔法道具を爆発させた。

ちょうどその現場を見ていたのが、アドラム男爵だった。

アドラム男爵は魔力量に恵まれたミアを引き取り、家族の面倒も見ると言ってくれた。

バラクロフ家には一括で支度金が支払われ、シナモンロールを食べさせられ痛めつけられる暮らしはあっさりと終わりを迎えた。

母親も、アドラム男爵側に付くべきだと思ったのだろう。あんなに商人にべったりだったのに、未練を寸分も感じさせることなく話に乗った。

貴族に引き取られたことで、ミアとユージェニーの力関係は真逆に変わった。

弟にはアドラム男爵が高値で購入した、巷《ちまた》で『特効薬』と呼ばれているらしい上級ポーションが与えられ、身体が弱かった弟は滅多なことでは熱を出すことがなくなった。

そして、周囲の言いなりだったミアはやっと目を覚ましたのだ。

（弱いままでは搾取されるだけよ。私にだって幸せになる権利はある。強くならなきゃ。どうやったらいいのかはわかんないけど……とにかく、いい人の顔をして近づいてくるお嬢様にはもう絶対に騙《だま》されないんだから！　やられる前にやらないと、ひどい目に遭うんだわ！）

ミアは、生きていく上で人として大切なところを取りこぼしたのかもしれない。

けれどこのとき確かに、弱かった自分と決別したのだった。


ミア様のお話を聞き終えた頃には、外は真っ暗になっていた。

たまに遠くに見える王宮内の明かりも落とされつつあって、警備に必要な最低限の明かりだけが見える。

「シナモンロールを食べたのは、バラクロフ家っていう商人の家を出て以来よ。意外と食べられるわね。全然大したことじゃないわ！」

そうして、これまでの境遇を話し終えたミア様の前には、空っぽのお皿があった。

なんと声をかけたらいいのかわからない。……けれど。

お話の中でミア様はシナモンにアレルギーをお持ちだと語った。

それなのに、ミア様はデザートのシナモンロールをきれいに平らげた。

これって、あまりよくないのでは……!?

「ミア様。た、体調は大丈夫ですか!?」

「大丈夫よ。なんてことないわ。それよりも、私が言いたいのはお金と力があればえらいってこと。どんな境遇からだって一発逆転を狙えるのよ。私はママと同じよ。この見た目を活《い》かして、誰か強い人に助けてもらうのがベストなの。だから、いいとこの人と結婚するの。玉の輿がすべてなの。わかる?」

「わか……わかりま……?」

「フィーネは聞かなくていい」

あまりの超理論に頭の中が「?」でいっぱいになったけれど、レイナルド様の言葉で我に返った。

シナモンロールをつついていたクライド様がぷっと噴き出す。

「ミア嬢さ。俺たちも一応いいとこの人なの忘れてん?」

「うふふ。なんだかお二人に好かれていないのはわかっています。それに、高貴すぎるレイナルド殿下とあまり騙されそうにないクライド様は対象外なんです!」

「へーえ？　すげえ、おもしろすぎん？」

ミア様とクライド様の会話に眩暈《めまい》がしそうだった。

けれど、とにかく私は立ち上がってアトリエの壁に備え付けられた棚の中を探す。

ここにはたくさんの素材のほかに、作り置きのポーションが置いてある。

ポーションはそんなに日持ちしないものだけれど、この前生成して余った初級ポーションがあったような。

これなら、もしミア様が体調を崩されたとしても悪化を抑えられる気がする。

きっと、ミア様がアカデミーで『フィオナ』にあんなことをしたのは、話の中に出てきたユージェニー様という方に重ねたことが理由なのだと思う。

ミア様の理論で言えば、身を守るためにしたこと。

だからといって許す気にはなれないけれど、ポーションを生成できる錬金術師としてアレルギー反応を見過ごすわけにはいかない。

とにかく適当なポーションを持ち帰ってもらおう。

棚をガチャガチャと漁《あさ》る私に、ミア様は叫ぶ。

「アンタ、興味ない顔して研究に戻ってんじゃないわよ！　玉の輿がすべてなの。大体にしてアンタのために話したのよ!?」

「……」

人にはいろいろな価値観があって当然だと思うけれど、ミア様とは意見が合わないみたい。だって、私にとっては玉の輿よりも研究のほうが大事だもの。

王立アカデミーでのことをちょっとだけ思い出して無視をした私に、ミア様はキーキーと続けた。

「ねえ!?　聞いてる!?」

「――ミア・シェリー・アドラム。いい加減にしろ」

レイナルド様がガタン、と立ち上がったところで、ミア様の様子が一変した。

「……!?　くるし……何これ……っ」

「ミア様!?」

振り返ると、ミア様は喉のあたりを押さえて苦しそうにしていた。

首や腕にも赤いポツポツが見えている。きっと、シナモンロールを食べたせい……!

「ミア嬢どうしたん？　体調悪いの？　……フィーネちゃん、これポーションを飲ませてあげたらいいんじゃない？」

「はっ、はい、あの、そ、それはそうなのですが」

ミア様の様子に動揺する私の手には、棚の中からやっと見つけたポーションが握られている。

けれど、これは初級ポーションだ。

効果は、かすり傷を治したり体力を回復する程度のもの。

こんな風に、明らかに体調を崩している人には効かない。どうしよう……!

震え出した私の肩を支えてくださる手があった。

それはさっきまでのミア様への非難の表情を消し去ったレイナルド様だった。

「おそらく、久しぶりにシナモンロールを食べたせいでアレルギー反応が大きくなっているんじゃないか。とにかく医務室へ運ぼう。医師に診てもらわないと」

「この状態で医務室まで連れていくよりも、先生を連れてきたほうが早いよ。俺、行ってくるわ」

「頼む、クライド」

レイナルド様に命じられ、クライド様がアトリエを飛び出していくのを見送ってから、私は温室に走り込む。せめて、呼吸を楽にする効果のある薬草を……！

プチプチと採取しながら、ガラスの向こうに見えるのは漆黒の夜空。ここに来て上級ポーションの生成を始めたのは午後だったのに、話し込んでいたらこんな時間になってしまったみたい。

そこで、私はようやく気がついた。

「あっ……！　さっき、私が生成したポーションがあるわ」

今日、私はアトリエで上級ポーションを生成していた。

巷では特効薬とも呼ばれるこの上級ポーションは、生成を終えてから少し時間を置く必要がある。いつもはさらに効果を高めるため、生成してから一晩置くことが多い。

けれど、この時間だったら今日生成したポーションが使えるかもしれない。

慌ててアトリエに戻った私は、できたての上級ポーションが入ったフラスコを手に取る。

「フィーネ、何をしているの？」

「さっき生成した『特効薬』をミア様に……！」

レイナルド様にそう告げて、床に寝かせられたミア様の脇に膝をついた。

顔色が悪く唇が紫色になっていて、意識がない。呼吸もすごく苦しそうで、手が震えている。

クライド様を待つ猶予がないのはひと目でわかった。

そのままミア様に出来たての上級ポーションを飲ませる。

ミア様にはいろいろ言いたいことがあるけれど、今は元気になってほしい。

フラスコを直接ミア様の口につけてポーションを注ぎ込む。意識がないので上手《うま》く飲み込んでくれなかったけれど、少しずつ口に入るだけでも効果はあるはずだった。

特効薬とも呼ばれることがある、私が生成する上級ポーション。お願い、効いて……！

祈るような気持ちでミア様を見つめて、数秒後。

「……まっずい」

ミア様のぱっちりした目が天井を映し、遠慮のない言葉がアトリエに響いた。

よかった！

「ミア様、大丈夫ですか⁉　今お医者さんが来ますから！」

「アンタ何飲ませたのよ⁉　毒⁉　これ毒でしょ、ねえ⁉」

毒ではないです。

むくりと起き上がったミア様は、さっきまで気を失っていたとは思えないほどにピンピンして怒鳴っていらっしゃる。

おいしくはないみたいだけれど、とにかく効いてよかった。

「これが、特効薬か」

レイナルド様の息を呑むような声が耳に届く。私も目の前で効果を見たのは初めてだったので、驚きと安堵《あんど》に包まれた。

ホッとしたら、自然と意識がこのポーションを作っていたときのことに遡《さかのぼ》る。

そういえば、生成しながら私はお兄様の結婚式で食べたサラダとお肉の煮込みのことを考えていたような……！　あれはなぜか味気なくて、飲み込むのが大変だった。

とにかく、フラスコに残った上級ポーションをちらりと見た私は、これを処分して作り直すことを決意する。効果は確かだけれど、味はひどいものらしい。

「フィーネ。ポーション、よく効いたみたいだね」

「レイナルド様、あの、残りを鑑定……」

と思ったけれど、これは鑑定してもらわなくても『味1』に違いなかった。

ずっと表情が硬かったレイナルド様も笑いを堪《こら》えているのが見えて、途端に恥ずかしくなってしまう。

『おいしく感じられなかったごはんのことを思い出しながら生成するのは禁物』。これも、研究ノートに書き加えなきゃ……！

一方のミア様は私の手元にある特別に透き通ったポーションの残りを見て、驚いた表情をした。

「すごく苦しんで気を失った人間を回復させるポーションなんて滅多にないわ。それにそんなきれいな色……工房でも見たことがない」

「そ、そうかもしれません。これがここにあったのはまったくの偶然で、運が良く――」

「偶然あったポーションを私に飲ませたってわけ!?　怖すぎるわよ！　ていうかこれ本当に毒なんじゃないの!?」

「そ、そうかもしれません」

味が不味《まず》くて本当によかった。ずっとその勘違いをしていてほしい。

けれど、ミア様は何かを思い出したように顔色を変えた。

「違う……見たことがあったわ。アドラム男爵家に引き取られたばかりの頃、男爵が大金をはたいて弟に買ってくれたポーション……」

ぎくり、と私の肩は震える。

そうだった。さっきミア様のお話に『ごきょうだいが特効薬で回復した』というエピソードがあったような……！

焦り出した私を見て、レイナルド様が間に入ってくださった。

「このアトリエは俺のものでもある。今、『特効薬』は俺の手配でしか王宮に入らない。それを考えたら、ここにそのポーションがあってもおかしくはないだろう」

「……でも、フラスコに入っているってことは生成したてですわよね……？」

訝《いぶか》しげなミア様に、レイナルド様が感心したように呟く。

「変なところで勘がいいな」

私もそう思います……！

けれど、私が錬金術師として生きていくなら、遅かれ早かれ明らかになることなのかもしれない。

たとえば、簡単な構造を売りにして量産する予定だった魔力空気清浄機は、想像以上に反響を得てしまった。

一年以内に商業ギルドに自分の名前で商品を登録したいという目標は叶《かな》ったけれど、私を取り巻く環境は急激に変わっていく可能性があるのだ。

今さらながら怖くなって、私は隣のレイナルド様を見上げる。

すると、大丈夫、という風に笑ってくださった。

言葉はないけれど、なんとなくわかる。レイナルド様はずっと私の味方でいてくれるって。

周囲の見る目が変わっても、一緒にこのアトリエで研究をして、私が好きなものを守ってくださると。

お兄様の結婚式でレイナルド様と踊ったときに告げられた決意が思い浮かぶ。

私は強くなりたいけれど、共に歩んでくれる人がいるのなら、少し頼ってもいいかもしれない。

——もちろん、私だってレイナルド様やクライド様を助ける。

決意を固めた私は、大きく息を吸った。

「ミア様」

「何よ？」

「こ、今度、ここで試作品を生成しますね。魔力空気清浄機を」

「ほ、本当？」

「はい。弟さんはまだ体調を崩すことがあるのですか？　でしたら、より浄化の効果を上げる方法を考えたほうがいいかと……！　ギルドでの大量生産を前提にしないなら、多少難しい生成でも問題ないです。私がここで作りますから」

「……フィーネ」

ミア様への私の言葉に、レイナルド様は少し驚いたようだった。それに笑みを返すと、納得したように微笑んでくれた。

いつも私を理解して、背中を押してくれるレイナルド様。

私はレイナルド様にとても救われている。この感謝の気持ちをどう伝えたらいいの。

そんなことを考えていると、お兄様とエメライン様の間で交わされる甘い視線が思い浮かんで、ハッとする。

そしてすかさずミア様からは刺々しい言葉が飛んできた。

「ねえ、私の存在を忘れないでくれる？」

「も、申し訳、」

「ま、魔力空気清浄機の件はありがとうありがたく受け取るし代金も払うし手伝うわ」

「!?」

ミア様から早口だけどお礼の言葉が……!?　と驚く私に、ミア様はツンとして続ける。

「でも納得がいったわ。このアトリエに出入りしているのも、アカデミーを出ていないのに工房のアシスタントに採用されたのも。そうよね。だって、誰よりも優れた存在なんだもの。ほっといても頭角を表すわよね。とにかくアンタ、本気でパトロンを探すべきだわ。世の中、金と権力よ！」

「パトロンは俺だから」

「!?」

ちょっと待ってください？

ミア様とレイナルド様の発言に私は目を瞬く。

けれどレイナルド様は本気のようだった。

「このアトリエと、極上の素材と、おいしいごはん。ほかに必要なものはある？　フィーネが欲しいものはなんでもあげられるし、してあげるよ」

「………………！」

空色の瞳に覗き込まれて、息が止まりそうです……！

ミア様のほうから「玉の輿」という呟きが聞こえた気がするけれど、それはなかったことにして、私はなんとか口を開く。

「ミア様。あなたが悲しい思いをしてきたことはわかりました。王宮で結婚相手を探すことは自由ですし、玉の輿に乗りたければ乗ればいいと思います。でも、皆が皆、誰かを貶《おとし》めようとしているなんて、と……とんでもない勘違いです……！」

「な、何よ急にハキハキ喋り出しちゃって！　そんなの信じないわよ！　まぁアンタはいいわよね。工房でいじめられても正攻法でぎゃふんと言わせられそうなんだもの」

ミア様の顔色はすっかり良くなっていた。それを見て安心した反面、いろいろな感情が胸に押し寄せてくる。

工房での空気に戸惑い、先輩に問い詰められて困っていた私をミア様が助けてくれたのは、きっと過去のミア様自身に重ねていたからだと思う。

けれど、同じように過去のミア様に重ねられた『フィオナ』の人生は変わってしまった。

アカデミーでの居場所をなくし、婚約者も友人を失い、人が怖くなってしまった。それを引き上げてくださったのが、レイナルド様だった。

私はもう新たな人生を歩んでいて幸せ。だから、今さら『フィオナ』としてわだかまりを蒸し返すことはない。

それに、もしあの挫折がなかったら、きっと私はずっと弱いままだった。

何事もなくアカデミーを卒業して、誰かの悪意を知ることもなく世間知らずのお嬢様のまま、エイベル様と結婚していたのだろう。

自分の錬金術が誰かの役に立てる喜びを知ることもなく、一歩踏み出すこともなく、ただ安心できる世界だけで生きていくことになったのかもしれない。

それを思うと、ミア様には少しだけ感謝したい。……ほんの少しだけだけれど。

婚約破棄のとき奔走してくださったお兄様にだけは申し訳ないな、と思いかけたところで、結婚式でのお兄様とエメライン様の甘いやりとりが頭に浮かぶ。

あの婚約破棄はすっかり過去のこと。うん、だから大丈夫。

皆が前を向いて、幸せな未来を歩んでいる。

「でも、正直……これまでにやりすぎたなと思うことはあったわ。フィーネが言うことはあまり信じられないけど……。でも、あの子もそうだったのかしら。昔の自分みたいで大っ嫌いだったけど」

唇を噛《か》んで俯《うつむ》いたミア様の呟きに、私は気づかないふりをした。

すっかり冷めてしまったコーヒーを一口飲んで、深呼吸をする。

怒りをぶつけ、拒絶することは簡単。

けれど、いつだって錬金術は私の真ん中にあって、そして幸せなスウィントン魔法伯家そのものだ。

大切であたたかな記憶を、一時の感情で壊すなんてこと、したくない。

世界で唯一の魔法使いは、宮廷錬金術師として幸せになります ※本当の力は秘密です!

エピローグ
春のお茶会

アルヴェール王国の春は唐突に訪れる。ある日雪が降らなくなったと思ったら、急に暖かくなって花々が咲き始めるのだ。

お兄様とエメライン様が新居の建設が終わるまで滞在しているスティナの街も花盛りだという。お手紙でしかやりとりしていないけれど、元気かな。

「……ネ？　フィーネ？」

「レ、レイナルド様！」

アトリエに併設されている温室でぼうっと日向《ひなた》ぼっこをしていた私は、慌てて立ち上がった。

今日は休日。

ある方から王都内のタウンハウスに招待を受けていて、これから向かわなければいけないのだ。一人で行くつもりだったのだけれど、レイナルド様が馬車での送迎を申し出てくださったため、アトリエで待ち合わせをしていたのだった。

「フィーネがアトリエで研究をしないでぼーっとしているなんて珍しいね？」

「少し疲れてしまいました。でももう元気です！」

「最近、錬金術工房のほうが忙しそうだったもんな」

「はい。薬草園の方も、春に向けていろいろな植え替えがあって」

「ちゃんと休んでる？　倒れそうになってない？」

心底心配そうなお顔をしたレイナルド様に、私は慌ててぶんぶんと首を横に振った。また高級ポーションを大量に届けられてしまったら大変です……！

停車場まで歩いて向かう途中、目に映る王宮の庭園はすっかり春全開になっている。ついこの間まで雪が降っていたなんて、夢みたい。

実は、今年の冬も面倒な冬風邪の流行があった。

その関係で錬金術工房はずっとバタバタしていたのだ。

もちろん、一般に流通する初級ポーションや中級ポーションを生成し供給するのは錬金術師ギルドのお仕事になる。

なぜ、王宮の工房が忙しかったのかというと――。

「それで、改良版の魔力空気清浄機は商品登録しなくてよかったの？」

レイナルド様の問いに、私は微笑《ほほえ》みを返す。

「は、はい。あれは、もう少し改良してから登録しようかなと……！」

「それがよさそうだ。今後、改良版を生成するのはフィーネだけだもんな。満足のいくものにしてから登録するといい」

「はい」

私はレイナルド様のエスコートで馬車に乗り、隣り合わせに座る。

ゆっくりと馬車は走り出して、レイナルド様は「疲れているなら寝ていてもいいよ。着いたら起こすから」と言ってくださり、私は飛び上がって「そ、そんなことできません！」と拒絶した。

話を戻したい。私がミア様のために改良して生成した魔力空気清浄機は、風邪が流行したこの冬、とても役に立ってくれた。

ただ、少し生成が難しかったので商業ギルド経由で大量生産することは叶《かな》わなかった。

けれど、難しいといってても宮廷錬金術師の手にかかればなんてことはない。魔石だって別に純度が100じゃなくてもいい。

ということで、期間限定で錬金術工房での生成が行われたのだった。

私はその責任者として個室アトリエのひとつを借り、忙しい毎日を送っていた。その個室を引き上げたのがつい数日前のこと。

ものすごく達成感はあるけれど、最終日、寮の部屋に帰ると同時に初級ポーションを飲んでしまったほどに疲労感もすごかった。

ちなみに、改良版の魔力空気清浄機の生成はミア様も手伝ってくれた。

相変わらず素材を見極めて集めるのはお好きではないようだったけれど、魔力を流して生成するのは文句を言いつつ手を貸してくれた。

私とレイナルド様を乗せた馬車は王宮を出て城下町を抜け、貴族街へと入っていく。

社交シーズンに貴族が滞在するタウンハウスが立ち並ぶ光景は、本当に華やかで壮観だと思う。

その中でもひときわ豪華な館《やかた》の前で馬車は止まる。

門には王家の紋章が見えて、心臓が高鳴った。

覚悟は決めてきたはずなのに、ドキドキがおさまらない。ど、どうしたらいいの……!

緊張で息が苦しくなってきた私を、レイナルド様が気遣ってくださる。

「フィーネ。やっぱり俺も一緒に行くよ」

「だ、大丈夫です。リズさんは私だけをご招待ですので、ひ……一人でまいります」

「本当の本当に大丈夫？」

「はい。本当の本当に大丈夫です」

「そっか。ならここで待ってる」

レイナルド様の優しい笑顔に見送られた私は、馬車を降りてお屋敷の中に足を踏み入れた。

大理石の床に響く足音と、調度品の雰囲気はいつも過ごす王宮の中とあまり変わらない。

そう、ここは王族のタウンハウス。

今日、私は約束のお茶会に来ていた。

ホストは図書館で出会った友人のリズさん――つまり、王妃陛下。

先日、レイナルド様からリズさんの正体を教わった私のショックは相当なものだった。けれど、すでに交わしてしまったお茶の約束は取り消せない。

メイドの方に案内されたサロンには、見覚えのある黒髪と青い瞳を輝かせたリズさんがいた。

「フィーネさん。待っていたわ」

「!?」

なぜか先に到着していたリズさんに、私は目を瞬《しばた》いた。

お茶会ではホストが出迎えるものだけれど、私と王妃陛下の身分差を考えればそんなマナーはあってないようなもの。先に待っていてくださるなんて、聞いていません……！

そういえば、レイナルド殿下とフィオナが初めて王宮で面会したときもこんな展開だった気がする。親子揃《そろ》って同じ行動をされすぎでは？

そう思って立ち尽くしていたはずの私は、いつの間にかリズさんの向かいに座り、湯気の上がる紅茶を眺めていた。

お花の絵柄があしらわれた趣味のいいティーカップに、ケーキスタンドに並ぶ焼き菓子。

完璧なティータイムが始まっているけれど、緊張しすぎてこの数分間の記憶がありません……！

「前にあなたが作ってくれた認識阻害ポーション、効果がとっても素晴らしかったわ」

「あ、ありがたいお言葉、恐悦至極にございます」

リズさんは今日も認識阻害ポーションを飲んでここにいらっしゃっていた。

青みを帯びた艶《つや》やかな黒髪と透き通った空色の瞳は、見れば見るほどレイナルド様によく似ている。図書館で会ったとき、どうして思い至らなかったのだろう。

自分の間抜けさにため息をつきつつ、私の緊張は幾分やわらいでいた。

……実は私も同じように外見を偽っているのだけれど。

リズさんは、レイナルド様と同じように鑑定スキルをお持ちの方だ。

鑑定スキルが人間に使えなくて本当によかったと思う。

「この冬、うちの息子はスティナという街を訪れたのよ」

「！」

ティーカップに口をつける寸前でよかった。

あぶなく咽《む》せるところだった私は、呼吸を整えてから紅茶を一口飲み直すと、できる限り穏やかに微笑む。

「スティナという街の噂《うわさ》は伺ったことがあります。ぜひ一度は行ってみたい場所です」

「ふふふっ。いつでもうちの別邸を貸すわよ？」

!?　あの、それは結構です……！」

王家のお城を貸してくださるというありえない気遣いを慌てて辞退すると、リズさんはひときわ優しく微笑んだ。

「フィーネさんって本当に面白いわね。普段はこんなにかわいらしいお嬢さんなのに、とても素晴らしい錬金術を扱うんですもの」

「認識阻害ポーションをお褒めいただけて……とてもうれしく」

「それだけじゃないでしょう？　特効薬もフィーネさんが生成しているのよね？」

「！　あの」

やっぱりばれていた。予想はしていたけれど、まさかこんなにストレートに聞かれるとは思っていなくて目が泳いでしまう。

あの日、ミア様がシナモンロールを一気に食べて倒れたあと、クライド様が急いでお医者様を呼んできてくださった。

そのときには、もうミア様はすっかりピンピンしていらっしゃったのだけれど、特効薬と呼ばれる特別なポーションを飲んだことが王宮のお医者様の知るところとなってしまったのだ。

もちろん、レイナルド様のアトリエにはどんな高級な素材やポーションがあってもおかしくない。

けれど、それがリズさんの耳に入ってしまったら、誰が生成したものなのかはもうごまかせなかった。

「前から知っていたのよ？　鑑定スキルを使えば、認識阻害ポーションと特効薬の生成者が同じことぐらいすぐにわかるわ。あなたが内緒にしたいようだったから黙っていたけれどね」

「……秘密にしてくださっていたこと、感謝申し上げます」

頭を下げた私に、リズさんはふふっと笑って続ける。

「――そういえばね、この冬スティナの湖で溺れた男の子がいたんですって。その男の子を救ったのは『特効薬』だったそうよ」

「！」

「レイナルドは特効薬が使われたことを私が知らせる前に知っていたみたい。『湖に落ちた子どもは運が良かったですね』なんて取り繕っていたけれど、私にはお見通しよ。だって、かわいい息子だもの。しかも、結局レイナルドの提案で特効薬が使われたことは箝口令《かんこうれい》が敷かれることになったしねえ」

「あの、それは……？」

知らなかった情報に私は目を瞬く。

そんなの聞いていなかった。

当たり前のように、レイナルド様は特効薬と呼ばれる上級ポーションの生成者が私だと知っている。

スティナの街でその特効薬が使われたことを知りながら、レイナルド様が箝口令を敷いてまで隠すのはどうして。

この冬、レイナルド様とのやりとりの中で感じた違和感の欠片《かけら》がカチリと嵌《はま》る。

――理由は一つしかない。

やっぱり、『フィーネ』は『フィオナ』だとレイナルド様はご存じなのだ。

愕然《がくぜん》として動けない私に、リズさんはふうと息を吐いた。

「あの子は……何を守りたいのかしら」

「！」

「私、秘密って大好きなの。――フィーネさん。あなたの秘密はこれだけなのかしら？」

意味を把握すると同時に、全身がこわばったのがわかる。

リズさんもレイナルド様と同じように私が『フィオナ・アナスタシア・スウィントン』だったことに気づいているのだ。

――どうしよう。

「私、」

「あら、びっくりさせてごめんなさいね。そんなつもりで言ったわけじゃないのよ。……お茶のお代わり、いるわよね？」

震える唇でなんとか言葉を紡ごうとした私に、リズさんは自ら温かいお茶を注いでくださった。

そうして、おっとりと続ける。

「私ね、なんでも知りたくなってしまうのが悪い癖なのよ。だって、錬金術も魔法も、知れば知るほど好きになってしまうんだもの」

「……い、偽っていて申し訳ございません。私の本当の名前は」

「いいえ、あなたがフィーネさんだというのなら偽りではないの。だって、私は名前とか肩書とか後ろ盾とか、そういう表面的なことにはあまり興味がないもの。今、私の前にいるのは優秀な薬草園メイドで錬金術師のフィーネさんよ」

「ですが」

私の言葉をさらに遮り、リズさんは上品に微笑んだ。

「この冬、冬風邪がそこまで広まらなかったのはあなたが開発した魔力空気清浄機のおかげだと思っているの。あれは魔法道具としても素晴らしかったけれど、流通のさせ方がよかったわ。レイナルドじゃ絶対に選ばない方法ね。あの子は王族としてのしがらみが多すぎるから。だからこれは、あなたのお手柄なのよ」

「…………」

リズさんはにこやかに話しているけれど、有無を言わせない話し方と内容は王妃陛下としてのものだ。

どう答えたらいいかわからないでいる私に、リズさんは優しく告げてくる。

「私は、レイナルドにこんなに素敵なお友達ができてとってもうれしいのよ。あの子は背負うものが大きいわ。だから、そばにいるあなたにはずっと錬金術を好きでいてほしいの。きっと、それがあの子にとって落ち着く場所であり道標《みちしるべ》になる」

「……はい」

以前、レイナルド様にも似た決意を聞いたことを思い出した私は、素直に頷《うなず》く。

「ふふふ。なんだか、あなたがずっと王宮にいてくれるみたいな話をしちゃったわね。勝手に決めてごめんなさい？　お茶菓子、もっと食べないかしら？　紅茶もいくつか用意しているのよ」

楽しそうに、図書館で会うときの顔に戻ったリズさん。

結局、名前と姿を偽っていることへの謝罪はさせてもらえなかった。

身に余る褒め言葉をいただいて信じられない一方で、ホッとした気持ちにもなる。

王妃陛下に自分を偽っていたことが知られても、私はレイナルド様のそばにいていいんだ、って。

もちろん、レイナルド様がどんな風に思っているのかはわからないけれど……。

そうして勧められたスコーンを口に運ぶ。チーズとドライトマトに何種類かのスパイスとハーブが入っていて、はちみつが添えてある。

ちょっと個性的なおいしさが、リズさんらしいと思った。

私にはいくつかの秘密がある。

でも、これだけは嘘《うそ》偽りのない気持ちだと言える。

――私の魔法や錬金術が誰かの人生に役立てたと思える瞬間が、何よりの幸せ。

スウィントン魔法伯家は消えてしまったけれど、私の大切な記憶はそうやって残っていったらいいなと思う。


リズさんとのお茶会を終えてお屋敷を後にすると、門のところでレイナルド様が待っていてくださった。

そうして、とても心配そうに私の顔を覗《のぞ》き込んでくる。

「大丈夫？　何か嫌なこと言われなかった？」

「いえ、まさかそんな。とても楽しい時間を過ごさせていただきました」

「そっか。ならよかった」

私の隣を歩いて馬車に向かうレイナルド様は、本当にいつも通りだった。

冬が始まる前、頬《ほお》についていた土を拭《ぬぐ》ってくださったときや、商業ギルドへ魔法道具を登録するために私を街へ誘ってくださったときと、全然変わらない。

さっきのリズさんのお話からすると、レイナルド様は私が『フィオナ』だと知っているのは確実だった。一体いつから気がついていたのかな。

レイナルド様は私の正体をわかっていたにもかかわらず、いつでも優しく支えになってくださっている。

私は『フィオナ』への好意を知りながら『フィーネ』として振る舞っていたのに。

「レイナルド様。リズさん……王妃陛下はいろいろなことを教えてくださいました」

「まあ、錬金術の研究や魔法道具の普及に関してかなり尽力してきた人だからね。フィーネとすごく話が合うと思うよ」

「い、いえ。それだけではなくて……」

「……フィーネ？」

言葉を探す私を、レイナルド様は不思議そうに眺めていらっしゃる。

レイナルド様が本当のことを知っているのなら、今ここで話さなくてはいけない。

いつかはこの日が来ることは間違いなかったのだから。それをわかった上で、私は名前と顔を偽ってきたのだ。

けれど、伝えるのが怖い。

弱くてずるい自分が申し訳なくて恥ずかしくて、立ち止まって俯《うつむ》きかけた私をレイナルド様が呼んだ。

「フィオナ・アナスタシア・スウィントン嬢」

どんな嘘も言い訳も意味がないと、一瞬で理解してしまった。

いつもと同じ名前――フィーネ、を呼ぶのと同じ口調のその声に、私は覚悟を決めて返事をする。

「……はい」

「ごめん。意地悪だったかな」

「……いいえ、そんな」

騙《だま》していたのは私のほう。

けれど、なんだか謝りたくない。

レイナルド様やクライド様と過ごしてきたこの一年が、跡形もなく崩れ去ってしまうと思った。

もちろん全部、弱い私が悪いのだけれど。

「フィーネに、俺は追いつけるかな」

「!? な、何を仰《おっしゃ》るのでしょうか……?」

すっかり断罪をされるつもりだった私は、思いがけない発言に目を瞬いた。

レイナルド様は顔色ひとつ変えず、いつも通り爽やかに微笑む。

「スティナの街でも決意は伝えたつもりだ。でもこの冬、フィーネはものすごく頑張っただろう。魔力空気清浄機の普及に関してもだが、ミア嬢のこともあった。たとえ相手にどんな背景があろうとも、人を許すことは相当に心を消耗する。フィーネは本当にすごいな。……一緒にいて、ますます目が離せなくなった」

熱っぽい話し方に心臓が跳ねる感覚がして、ドキドキと鼓動が速くなっていく。

と同時に、レイナルド様は私をフィーネとして受け入れてくださっているのだとも感じる。

そして、あえてこうやってなんでもないことみたいに話すことで私の気持ちをほぐしてくれようとする、優しい人。

「ですが、私はレイナルド様を騙していたんです」

「違うな。俺がわざと騙されていただけなんだ」

「え？」

「きっと、フィーネのほうが素《す》なんだろう？　確かに、俺がアカデミー時代フィオナ嬢に好意を持っていたのは本当だよ。だが、もっと知りたい、助けになりたいっていう気持ちのほうが強かった。……その先にいたのがフィーネだった。だから俺にとっては些細《ささい》なことなんだ」

「……レイナルド様は、いつからご存じだったのですか……」

わかるような、わからないような。私の問いに、レイナルド様は悪戯《いたずら》っぽく笑う。

「フィーネは、最後にスウィントン魔法伯家で会ったときのことを覚えている？　あのとき、俺は『フィオナ嬢は大切な人だ』と言ったと思うけど、本当はフィーネに伝えたつもりだった」

「……そんなに前から」

ハッとする。

少し前、王立劇場での火事に巻き込まれて意識を失い寝込んでしまった私を、レイナルド様がお見舞いに来てくださったとき。

あの日、スウィントン魔法伯家のサロンでレイナルド様は『すべてを受け入れるつもりでいる』と言ってくださった。少し意味がわからなかったけれど、今ならわかる。

レイナルド様はこのことを仰っていたのだ。

「いろいろ気にしているかもしれないけど、俺はこれからもずっとフィーネの味方だし、もし君を困らせるものがあるのなら排除する。それはずっと変わらない」

「は、排除？」

真面目に話していたはずなのに物騒な言葉が聞こえて、私はぽかんと口を開けた。けれど、レイナルド様は楽しそうに続ける。

「そう。排除するよ？　フィーネはこれからどんどん正当な評価を受けることになると思う。それを、一番近くで見ていたいと思うのが俺の本音。そして、フィーネには傷つかないでほしいし風のない心地いい場所で守ってあげたいのも本音。でも、フィーネはそれを望まないのもわかって悔しいのも本音」

「わ、私は……」

声が震える。直接的な言葉こそないけれど、あまりにもわかりやすい言葉の数々に私の顔は真っ赤に染まっていると思う。

レイナルド様がこんな風に私を想《おも》っていてくださっていたなんて、知らなかった。

スティナの街でなんとなくふわふわとしたものは感じたけれど、改めてはっきり言葉にされると信じられない。

だって、レイナルド様だもの。品行方正で優秀な王太子殿下で、数多《あまた》の縁談をお断りになって、人望も厚いレイナルド様。

そのお方が、ただアトリエで錬金術の研究の話ばかりしている薬草園メイドに特別な感情をお持ちになる……？

しかも、生成するポーションの味は2だ。食後のコーヒーすらレイナルド様に淹《い》れてもらう私のどこに惹《ひ》かれる要素が……？　と首を傾《かし》げそうになったところで、大好きなアトリエの風景が思い浮かんだ。

休日の午後のお日様の匂いに、棚に並んだ魔石の煌《きら》めき。小瓶に入れられたポーションと吊《つ》るされたハーブ、レイナルド様がコーヒーを淹れてくださっているときのほろ苦い香り。

あのアトリエが一番落ち着く場所なのは、私だけじゃない。

きっと、レイナルド様にとってもすごく大切な場所。

一年間、ずっと一緒にいてわかった。レイナルド様はそういうお方だ。

今、レイナルド様がしてくださったように、私も自分の気持ちを伝えたい。

まとまりのあるきれいな言葉にはならないけれど。

そう思って、私は口を開いた。

「……レイナルド様。私はアカデミーでの一件以来、人に会うことが怖かったんです」

「ああ。認識阻害ポーションを使ってまで出仕するなんて、すごくよく頑張ったね」

「きっかけは、お兄様に迷惑をかけたくないという一心だったんです。それで、できることから頑張ろうって」

「フィーネらしいね」

くすりと微笑んだレイナルド様の表情はびっくりするほど優しい。

上手《うま》く話せるか不安だった私の心はすうっと凪《な》いでいく。

「でも、私に外の世界を見せてくださったのはレイナルド様なんです。ただ出仕しただけでは、こんな風に充実した世界があると知ることはできなかったと思います。自分の名前で登録した魔法道具を使ってもらえる喜びや、誰かと話しながら食べるごはんがあんなにおいしいこともずっと知らないままでした」

「俺もだよ。フィーネに会うまでは、自分の立場を受け入れて生きていくことに抵抗がなかった。不満はあったけど、さすがに子どもじゃないからね。……でも、自分の力で一歩ずつ前に進んでいくフィーネを見て、これではいけないと思った」

「レイナルド様……」

スティナの街で告げられた決意は、私にとっては唐突なものだった。けれど、レイナルド様はずっと思い悩んでいたのだろう。

「初めはフィーネがフィオナ嬢と同一人物だなんて思わなかったからね。まさか、違う背景と違う外見を持ち違う出会い方をした女性に同じように惹かれるなんてな。フィーネはいつもお礼を伝えてくれるけど、俺のほうこそ感謝したいぐらいなんだ。――こんな風に、他人を大切にしたいと思ったのは初めてだ」

「…………」

けれど、私は頷けない。

多分、今の私はまだレイナルド様と同じ熱量を返せない。ううん。レイナルド様ならそんな必要はないと言ってくださるのはわかっている。

でも、レイナルド様はこの国の王太子殿下で王位継承者だ。加えて、こんなに真剣に私のことを考えてくださる方に中途半端に答えてはいけないと思う。

「大丈夫だよ、フィーネ」

言葉に詰まってしまった私に気がついたレイナルド様は、優しく微笑んで続けた。

「すぐに返事が欲しいわけじゃないんだ。これ以上言ったらフィーネが困るのもわかってる。自分の立場は十分に理解しているつもりだし、俺の願いはフィーネが幸せでいてくれることだからね。……でも、気持ちは伝えたよ」

私が唇を噛《か》みこくりと頷くと、レイナルド様は楽しそうに歩き出す。そうして続ける。

「別に困らせたくはないけど……これから、フィーネが俺のことで赤くなったり困ったりするのかと思うと悪くないな。これまで、完全に俺は研究仲間としか見られていなかったんだもんな」

「!? な、な、何を……」

「あ、そう、その顔。すごくかわいいと思う」

「!?」

レイナルド様ってこんなお方だった!? ……と思ったけれど言えるはずもなく。私は、ただ歩き始めたレイナルド様の背中を追うことにした。

きっと、レイナルド様はお気づきになっていないと思う。

私が、レイナルド様が近くに来るとたまらなくドキドキして死にそうになることがあるのを。頬についた土を拭ってくださるときも、体調が悪い私を運ぼうと触れてくるときも、人混みの中で内緒話をするために耳に唇を寄せてくるときも。

そのどれもが、私にとっては、不思議と落ち着かない気持ちになる瞬間なのだ。同じように接してくださるクライド様やお兄様とは、絶対に違う。

でも、まだそのことは伝えられない。

私なりの覚悟と、どうなりたいのか気持ちが固まる日まで。

お兄様の結婚式でお会いしたウェンディ様の姿が思い浮かぶ。レイナルド様の腕をしっかりと掴《つか》むウェンディ様は眩《まぶ》しく見えた。

それを思うと、貴族令嬢だった頃のことが少しだけ懐かしい。けれど何よりも、レイナルド様は今のままの私を認めてくださっている。

きっとこれは、私にとって何よりもうれしくて名誉なこと。ただ、一つだけ言うのならば。

「……ど、洞察力に優れたレイナルド様でも、人の感情を測り間違うことがあるのですね……」

「ん？　フィーネ、何か言った？」

「い、いいえ、なんでも……！」

少し先を歩いていたレイナルド様に、私の呟《つぶや》きは聞こえなかったみたい。もちろん、わざと聞こえないようにしたのだけれど。

「フィーネ、手を」

馬車へエスコートするため、レイナルド様は私に手を差し出してくださる。

「……はい」

私はその手を取った。いつもよりも少しだけ緊張した気持ちで。
この手を、自信を持って取れる日が来ますように。
レイナルド様がくださる幸せに見合ったものを返せる自分になりたい。
触れ合う指先に鼓動が高まるのをなんとか隠しながら、そう思った。

番外編

アトリエの日常

これは、本格的に冬に入る前のお話。

ある日の錬金術工房。それは何の前触れもなく突然だった。

「今日の工房は三人もお休みなのね。中級ポーションの依頼が多めに来ているから痛いところだな」

ローナさんを筆頭に、ベテラン錬金術師の皆さんが集まって話しているのが聞こえて、私たち見習い錬金術師の間にはぴりりとした緊張が走った。

王宮の錬金術工房で錬金術師見習いやアシスタントに求められるのは、先輩の指示で素材を集めたり雑用をこなしたりすること。

基本的に、私たちは工房に配属されても正式な宮廷錬金術師になるまでは生成したものを正規の商品として扱ってもらえない。

ここで生成されるポーションや魔法道具は王族や国の要職に就く方々が使うことがあるからだ。けれど、何かイレギュラーな事態が発生すれば素材の加工など簡単な仕事を任されることもあるみたい。

もっとも、そんなことは滅多にない。というか、任されたところでそのポーションや魔法道具を誰がお使いになるのか考えただけで怖すぎます……！

ということで、今日も私は工房の隅っこで素材の選定をしていた。

いつもと違う工房の雰囲気にドキドキしながら。

すると、ローナさんからご指名が飛んできた。

「フィーネさん。中級ポーション、作れる？」

「!?」

「今日お休みの人の位置に入ってもらえるかな。レシピはわかってると思うけど、念のためにこれを見て」

「あ……あの、あの!?」

ナチュラルにレシピを差し出してくるローナさんを前に、私は後ずさる。

背中を冷や汗が流れ落ちていく。無理。無理です……！

「フィーネさん？」

「あの、私はアシスタントですので、どなたか他の方に」

「ええ？　商業ギルドに提出した魔石がとても素晴らしいものだったと聞いているけれど、中級ポーションは作れないっていうの？」

「は、はい……あの、ポーションはどうしても苦手で」

「珍しいわねえ。それじゃあ中級ポーションは他の人にお願いするから、初級ポーションを。みんなが生成しているのをいつも見ているでしょう？　わかっていると思うけれど、たとえ魔力量が少なくてもフィーネさんの目で上質な素材を選べば大丈夫よ」

「!?　あの！」

「じゃあ頼むわね。道具は好きなのを使って」

私の焦りには気がつくことなく、ローナさんはニコリと微笑《ほほえ》むとあっという間にいなくなってしまった。今日は相当に忙しいらしい。

初級ポーションを、と言われたらさすがにできませんとは答えられない。

なぜなら、初級ポーションの生成はアカデミーの一般教養としても習うほどに初歩の錬金術。正しい素材に魔力さえ注げばできてしまう。

私も子どもの頃に初めて錬金術で生成したのが初級ポーションだった。

だから、魔力さえあれば薬草園メイドの私が初級ポーションを生成しても何もおかしくはないのだけれど、一つ問題が。

ポーションには個人を識別する『色』がある。

それは、透き通っているほど高品質だとされる見た目の色とはまた別のもので、レイナルド様のように鑑定スキルを持つ方によって認定される。

私がアカデミーで錬金術をあまり扱わなかったのも、この個人を識別する色が理由だった。

何の後ろ盾もなかった私は、特別な錬金術が使えると思われて、注目を浴びることになるのが怖かった。

だから、ポーションすらも生成できないほどに魔力が少なく魔力操作も苦手なふりをしていた。

つまり今日ポーションを生成したら、特効薬を作っているのが私だと知られてしまう。

鑑定スキルを持っているのがレイナルド様だけならいいけれど、もしかしたら他にもいらっしゃる可能性があるし、危ない橋は渡れない。

ど、どうしよう……！

ちなみに、工房の隅の棚には昨日レイナルド様のアトリエで私が生成したばかりの『特効薬』がきれいに並んでいた。タイミングが悪すぎます！

この場を切り抜ける方法を考えていると、ぽんと肩を叩《たた》かれた。

「フィーネちゃん、どうしたの？」

「クライド様！」

願ってもない味方の登場に、私は飛び上がって駆け寄る。

「おおお。どーしたの。俺、レイナルドのおつかいで来たんだけど、なんか助けてほしいことある？」

「クライド様、一生のお願いがあります……！」

「今日はレイナルドじゃなくて俺でいいんだ？　おっけ、できることならなんでもするよ？」

「あ、ありがとうございます……！」

かるーく答えてくださったクライド様はまさに救世主だった。


数分後。

錬金術工房の隅っこにある作業台で、私とクライド様は微妙な注目を集めていた。

私は周囲の視線が怖いけれど、クライド様はそんなことは気にしない。

「うっわ。これ、アカデミーでの授業以来なんだけど！　たのしー」

「あ、あの……！　素材は私が選定したので、クライド様なら絶対に失敗しないです。以前、薬草園で魔石を操作されていらっしゃいましたよね。あれだけ魔力量が豊富で魔力操作が得意なら、絶対に問題ありません……！」

私がクライド様にお願いしたのは『生成途中のポーションに魔力を注ぐこと』。

上質な素材を選べば魔力は少しで済む。クライド様が魔石を飛ばしているのを見たことがあるし、素材の選定は私の得意分野だ。

「へー。アカデミーの授業では全然面白いと思わなかったけど、今めちゃくちゃ面白いわ。目の前で素材が変化してくのってなんか快感」

そう言いながら、クライド様はフラスコに入れられ加熱された素材に魔力を注いでいる。

素材は上手《うま》く反応していて、想像以上に透き通ったポーションができそうだった。

これなら品質は問題ないし、万一外部の方の鑑定にかけられたとしても問題になることはありません……！　よかった！

心底ほっとする私の前で、クライド様はポーションが入ったフラスコを揺らす。

「フィーネちゃん、見て？　これ本当にポーションになってる？」

「はい、問題ありま――」

「それは俺が鑑定する」

「「！」」

ほのぼのと錬金術を楽しんでいた私とクライド様は、聞き覚えがありすぎる声に同時に肩を震わせゆっくりと振り返る。

そこには。

「レ……レイナルド様！」「うっわ、見つかった！」

レイナルド様がいらっしゃった。

手には書類を持ち、呆《あき》れた顔でこちら……主にクライド様を睨《にら》んでいる。

「クライド……いつまでも戻ってこないと思ったら、一体お前はここで何をしてるんだ？」

「見ての通り、フィーネちゃんのお仕事の邪魔してんの。楽しいよ？」

「あの、レイナルド様、申し訳ありません！　私が引き留めたんです。クライド様は何も悪くなくて」

「フィーネは気にする必要ないよ。悪いのは報告なしに動くクライドのほう」

クライド様を睨んでいたレイナルド様は、私にびっくりするほど爽やかな微笑みを向けた。クライド様の「ひでぇ」という声が聞こえたけれど、全然気にしていないみたい。

そうして、クライド様の手からフラスコを奪い取った。

その瞬間、レイナルド様の瞳が真剣なものに変わる。きっと鑑定スキルを使っていらっしゃるのだと思う。

「……治癒2の初級ポーションか。慣れていないクライドが生成したものなのに悪くないな。フィーネが素材を選定したからだろうな」

「だろ〜？　アカデミー以来にしては上出来だよな？」

「聞いていたか？　素材を選んだのがフィーネだからだよ」

レイナルド様は、クライド様がなかなかお戻りにならないからいらっしゃったのだろう。

それは私が引き留めて私に与えられた仕事をお手伝いさせてしまったからで、ただただ申し訳なさすぎます……！

小さくなって二人の会話を聞いている私だったけれど、ふとあることが気になった。それは。

「あ……あの、このポーションの味をお伺いしてもよろしいでしょうか？」

「ん。８かな」

「はち……」

負けた。そうだろうと思ってはいたけれど、錬金術に慣れていないクライド様が生成したポーションのほうが私が作るものよりもおいしいみたいです……！

「フィーネちゃん、頑張って」

がっくりと肩を落とした私をクライド様が励ましてくれた。

ありがたいけれど悲しい。ちなみに、今この工房の棚に並んでいる上級ポーションである特効薬の味は２。もちろん私が生成したものです……！

「それで。どうしてクライドはここで初級ポーションを生成しているんだ？」

「私がお願いしたんです！　あの、今日は工房でお休みの方が多くて……。私にもポーションを生成するお仕事が回ってきてしまいまして」

「なるほど。『色』対策か」

「は、はい」

小声で呟《つぶや》くレイナルド様はあっという間にこの状況を理解してくれたようだった。

私がこくこくと頷《うなず》いていると、レイナルド様はフラスコを手に取る。

「それなら俺もやる。クライドが生成したものよりも上質な初級ポーションにする」

「!?」

ちょっと待ってください……！

なんだか趣旨が違ってきてしまっているけれど、止める間もなくレイナルド様は素材をフラスコに入れていく。

さっきまで私とクライド様を遠巻きにコソコソと見ていた工房の皆さんも、明らかにギョッとしていた。

それはそう。だって、王太子殿下が自らポーションを生成するなんてちょっとありえないもの。しかも優秀で鑑定スキルまでお持ちだ。レイナルド様は工房に出入りしていても、普段は錬金術を扱うことがないのだから、どんなものが出来上がるのか興味を持ってしまう錬金術師も多いと思う。

私はアトリエで一緒に研究をしているからわかるけれど。

そんなことを考えていると、すでにレイナルド様の手元ではフラスコに入った素材がランプの火にかけられて、ぶくぶくと沸騰している。

いつの間にか私の作業台の周りにはたくさんの同僚が集まっていた。そんなことには全くお構いなしにレイナルド様が魔力を注ぐと、フラスコは柔らかな光に包まれる。

錬金術師にとってはいつもの光景のはずだけれど、なぜか歓声があがった。

それをちらりと確認したクライド様が無邪気に聞いてくる。

「ほえー。これってなんかすごい錬金術なの？」

「何にも。フィーネの方がすごいよ」

「!?」

やめていただけますか……！

私は冷や汗をかきながら、水を張ったボウルを差し出した。その中にフラスコが入れられてポーションが冷やされていく。

「うわー、なつかし。こうやって冷やすの、アカデミーの実習でやったわ」

「クライドはほとんど寝てたけどな」

「それ言う？　今はこんなに楽しんでるのに？」

レイナルド様とクライド様の会話は不思議議。聞いているだけでほっとして、温かい気持ちになる。

やっぱり、小さい頃から信頼しあっている関係っていいな。

そう思ったら、クライド様を巻き込んでしまったことへの罪悪感が薄れて笑みが溢《あふ》れた。

「な、なんだかすごく楽しいですね……！」

「ああ。クライドがこんなにできるなんて意外だったな」

「お。んじゃー俺もアトリエでの研究仲間に入れてくれる？　夕食運搬係兼でいいから」

「それはだめだ。残念だったな」

「主君が冷たい」

三人でいつものように話していると、驚きのあまりひっくり返りそうな声が聞こえた。

「フィ、フィーネさん!?」

「ロ……ローナさん……!」

そこには、目を瞬《しばたた》いて固まっているローナさんがいらっしゃった。

いけない。今はお仕事中でレイナルド様は王太子殿下、クライド様は伯爵家のご令息で王太子殿下の側近だということをすっかり忘れていました……!

ご自分に任されている場所で高貴なお二人が働いている場面を目にしたのだから、ローナさんが驚くのは当然のことだった。

けれど、レイナルド様はさも当然のように、ローナさんに向かって出来たての初級ポーション入りのフラスコを振る。

「お邪魔してるよ。たまには鑑定スキル以外で手伝いをしたいと思ってね」

「お気持ちはありがたいですが、殿下にこのようなことをさせるわけにはいきません。……ちなみに、レイナルド殿下は何を……?」

「初級ポーションの生成を少々。あ、中級ポーションが足りないんだっけ？　それならそっちを生成しようか」

「!?」

答えを聞いたローナさんの栗色《くりいろ》のポニーテールが、不自然に震えている。そうして、なんともいえない感情を浮かべた瞳がこちらに向けられた。

「……フィーネさん？」

「も、申し訳ございません……！」

私は顔を真っ青にして謝る。

流れで、レイナルド殿下とクライド様も一緒に頭を下げてくださった。

二人からくすくすと笑い声が聞こえてくるのが恥ずかしいけれど、私はこの工房のアシスタントで見習い。どう考えても、こんなことをしてはだめでした……！

深く反省した私は、次はどんな理由をつけてでも断ろうと心に誓ったのだった。


その日、一日を終えた後に向かったアトリエで、レイナルド様は笑った。

「今日は楽しかったね？　また初級ポーションを作りに行くよ」

「!?　だ、だめです！」

慌ててそう答えたものの、心の底では悪くないなと思ってしまう。

ううん、錬金術工房ではなくて、このアトリエでやればいいんだ。せっかくクライド様も錬金術に興味を持ってくださったんだもの。研究仲間を増やしたい……！

けれど私の考えを見透かしたように、レイナルド様は悪戯《いたずら》っぽく続けた。

「このアトリエじゃなく、普段フィーネが働いている工房でっていうのが楽しいんだよ。また人手不足のときは呼んで。クライドは見張りだけど」

「!?」

「うわぁ、王子様ひっでぇ」

私がぶんぶんと首を横に振った後にクライド様の叫びが響き、アトリエは淹《い》れたてのコーヒーの香りと笑い声に満ちていく。

こんな何でもない毎日が、私の幸せだ。

世界で唯一の魔法使いは、宮廷錬金術師として幸せになります ※本当の力は秘密です！

フィーネ
Fine

CHARACTER DESIGN

フィオナ

メイド姿のフィーネ

レイナルド
Reinaldo

CHARACTER DESIGN

ミア
Mia

CHARACTER DESIGN

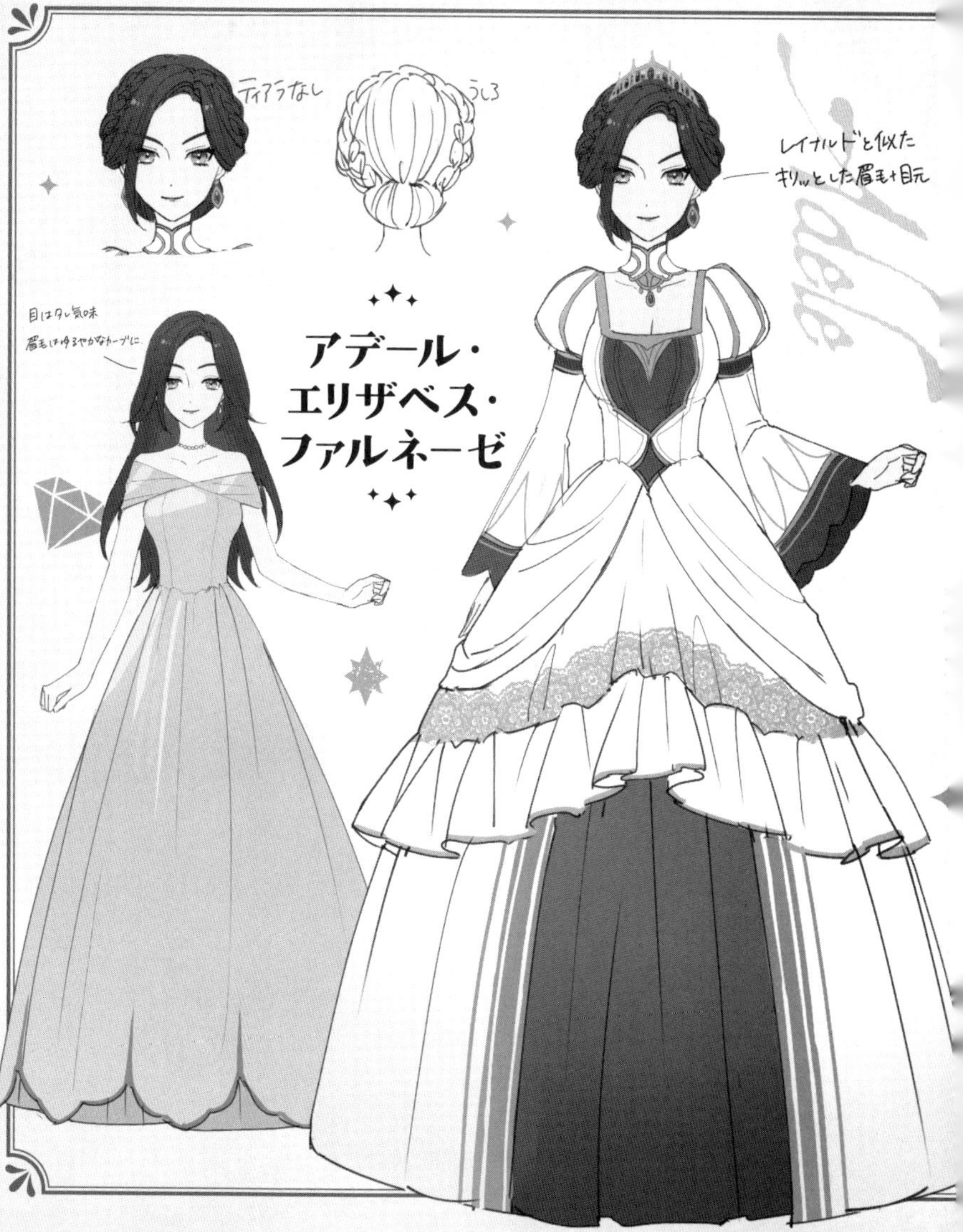

アデール・
エリザベス・
ファルネーゼ

MFブックス

世界で唯一の魔法使いは、宮廷錬金術師として幸せになります ※本当の力は秘密です! 2

2023年2月25日　初版第一刷発行

著者　一分咲
発行者　山下直久
発行　株式会社KADOKAWA
〒102-8177　東京都千代田区富士見2-13-3
0570-002-301（ナビダイヤル）
印刷・製本　株式会社広済堂ネクスト
ISBN 978-4-04-682103-4 C0093

企画　株式会社フロンティアワークス
担当編集　齊藤かれん（株式会社フロンティアワークス）
ブックデザイン　AFTERGLOW
デザインフォーマット　ragtime
イラスト　nima

本シリーズは「小説家になろう」（https://syosetu.com/）初出の作品を加筆の上書籍化したものです。

ファンレター、作品のご感想をお待ちしています

宛先
〒102-0071　東京都千代田区富士見2-13-12
株式会社 KADOKAWA　MFブックス編集部気付
「一分咲先生」係「nima 先生」係

二次元コードまたはURLをご利用の上
右記のパスワードを入力してアンケートにご協力ください。

https://kdq.jp/mfb
パスワード
vwrw4

● PC・スマートフォンにも対応しております（一部対応していない機種もございます）。
●アンケートにご協力頂きますと、作者書き下ろしの「こぼれ話」がWEBで読めます。
●サイトにアクセスする際や、登録・メール送信時にかかる通信費はご負担ください。
● 2023年2月時点の情報です。やむを得ない事情により公開を中断・終了する場合があります。